Gedonia

Gedonia

Eurgain Haf

Dilyniant i'r nofel
Yr Allwedd Aur

Gomer

I Elliw a Mei

Cyhoeddwyd gyntaf yn 2013 gan
Wasg Gomer, Llandysul, Ceredigion, SA44 4JL
www.gomer.co.uk

ISBN 978 1 84851 565 9

ⓗ Eurgain Haf, 2013

Mae Eurgain Haf wedi datgan ei hawl
dan Ddeddf Hawlfreintiau, Dyluniadau a Phatentau 1988
i gael ei chydnabod fel awdur y llyfr hwn.

Cyhoeddwyd gyda chefnogaeth Llywodraeth Cymru.

Argraffwyd a rhwymwyd yng Nghymru gan
Wasg Gomer, Llandysul, Ceredigion.

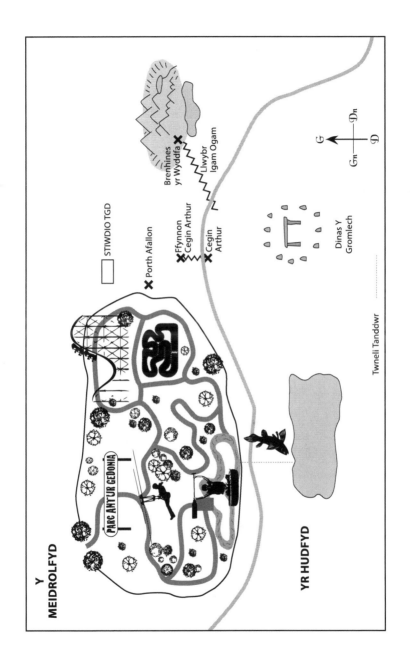

Y
MEIDROLFYD

STIWDIO TGD

✗ Porth Afallon

✗ Ffynnon Cegin Arthur
✗ Cegin Arthur

PARC ANT'UR GEDONIA

YR HUDFYD

Brenhines yr Wyddfa ✗
Llwybr Igam Ogam

Dinas Y Gromlech

Twneli Tandwr

G
Gn ——— Dn
D

Annwyl ddarllenydd,

Ydi dy fywyd di fel reid mewn ffair weithiau?
Wyt ti'n darganfod dy hun yn camu i mewn i
gerbyd dychmygol heb wybod sut daith sydd o
dy flaen? Wyt ti'n wynebu troeon annisgwyl yn
dy fywyd sy'n dy lenwi ag ofn a chyffro? Ydi
dy galon yn curo cyn gyflymed â llamau
llewpard wrth i ti aros? Oes yna filoedd o
bilipalod yn dawnsio yn dy stumog wrth i'r
reid gychwyn . . . yn araf, araf i ddechrau.
Yna cyn i ti wybod beth sy'n digwydd, rwyt
ti'n cael dy daflu fel ddilledyn mewn peiriant
golchi wrth i ddigwyddiadau y tu hwnt i dy
reolaeth wneud i ti blymio a chwyrlïo i bob
cyfeiriad. Y cyfan fedri di ei wneud ydi
gweddïo y byddi di'n dod drwyddi'n saff . . .

Petai bachgen o'r enw Llwyd Cadwaladr a
merch o'r enw Arddun Gwen yn gallu cofio'r
hyn ddigwyddodd iddyn nhw flwyddyn yn ôl,
fe fydden nhw wedi cymharu eu hantur â reid
yn y ffair. Roedd cyffro a pherygl yn cuddio
o amgylch pob cornel. Roedd hi'n reid
fythgofiadwy. Roedd hi'n daith angenrheidiol.
A hynny er mwyn achub dyfodol Cymru.

Taith ydi hon rhwng dau fyd: Y Meidrolfyd a'r Hudfyd.

Rwyt ti eisoes yn gyfarwydd â'r Meidrolfyd. Yma rwyt ti a mi – y Meidrolion (sef pobl) – yn byw. Ond, rwyt ti hefyd yn cyffwrdd â'r Hudfyd.

Mae hwnnw o'th gwmpas di ym mhob man – ym murmur yr afon, yn sisial yr awel ac yn nhincial clychau'r gog. Ers cyn cof mae'r ddau fyd yma wedi bodoli ochr yn ochr â'i gilydd. Heb yr un yn amharu ar y llall.

Nes y daeth drygioni Gedon Ddu i lygru'r tir. Dyma'r grym tywyllaf a chreulonaf a welwyd erioed. Ers canrifoedd bu'n aros am ei gyfle i orchfygu'r byd a chreu ei armaGEDON.

Ac o holl wledydd y Meidrolfyd, dewisodd Gymru fach fel ei darged cyntaf.

Gyda help ei was ffyddlon Jac Offa, Prif Weinidog Prydain, aeth ati i chwalu cof y meidrolion. Dechreuodd rai anghofio sut i siarad Cymraeg. Anghofiodd athrawon sut i ddysgu plant. Doedd gan awduron ddim syniad sut i ysgrifennu llyfrau. Roedd yr heddlu a'r gwleidyddion wedi anghofio sut i reoli'r wlad. Roedd popeth ar chwâl, a chynllun Gedon Ddu mewn perygl o lwyddo.

Ond, diolch byth, ddewiswyd Llwyd Cadwaladr ac Arddun Gwen yn ofalus o blith y meidrolion i fynd ar daith anturus i ddod o hyd i'r allwedd aur a fyddai'n achub Cymru – yr allwedd oedd gan y Brenin Arthur. Llwyddodd y ddau gan ddychwelyd yr allwedd i fan dirgel o dan y Senedd ym Mae Caerdydd. Roedd yr allwedd yn symbol o ffydd ac o gariad pobl tuag at eu gwlad. Ciliodd Gedon Ddu yn ôl i'r cysgodion. Diswyddwyd Jac Offa fel Prif Weinidog Prydain, a diflannodd.

Am flwyddyn gyfan, roedd Cymru, y Meidrolfyd a'r Hudfyd wedi mwynhau cyfnod o heddwch. Ond roedd hynny ar fin newid. Dechreuodd y dail siffrwd sïon fod drygioni'n dychwelyd. Roedd yr afonydd yn byrlymu bygythiadau. Roedd arogl anesmwythdod yn yr awel.

Roedd Gedon Ddu yn atgyfodi a'i fryd unwaith eto ar greu ArmaGEDON. A hynny, y tro hwn, trwy greu ei deyrnas ei hun o'r enw Gedonia: teyrnas fyddai'n cynnwys Cymru, y Meidrolfyd a'r Hudfyd, gyda phawb

9

a phopeth yn dod o dan ei reolaeth ef, ac yn weision iddo.

Y flwyddyn yw 2051.

Ac union flwyddyn wedi i Llwyd ac Arddun drechu pwerau tywyll Gedon Ddu, mae'r dewisedig rai ar fin cael eu galw eto i achub dyfodol Cymru. Does gan y ddau ddim syniad beth sydd o'u blaenau. Maen nhw ar fin camu ar reid fwyaf peryglus a chyffrous eu bywydau.

Wyt ti am ddod hefyd?

Dalia'n dynn . . .

1

Cai

Gwingodd Llwyd Cadwaladr wrth i'r gris pren wichian o dan ei bwysau. Gwyrodd ar ei gwrcwd a gwneud ei orau glas i edrych drwy'r bwlch yn y canllaw i mewn i'r llyfrgell. Roedd y drws derw'n gilagored ond cul iawn oedd y bwlch. Gallai Llwyd weld i mewn i'r ystafell, ond doedd yr olygfa ddim yn ddigon clir iddo allu gwneud synnwyr o'r hyn oedd yn digwydd yno. Cerddai dau ddyn mewn cylchoedd bychan gan lygadrythu ar ei gilydd fel matador yn herio tarw. Dyn o'r enw Cai oedd y matador ifanc a ddawnsiai'n bryfoclyd o flaen hen ŵr gwalltwyn. Ewythr Bedwyr oedd hwnnw, ac edrychai fel hen darw yn barod i ruthro unrhyw funud.

Doedd Llwyd ddim yn gallu gwneud pen na chynffon o'u sgwrs chwaith. Melltithiodd nhw am ei gadw'n effro ac yntau â diwrnod pwysig o'i flaen yn yr ysgol yfory. Roedd newydd droi ar ei sawdl i fynd yn ôl i fyny'r grisiau i'w wely pan ddechreuodd lefel y lleisiau godi a gallai glywed pob gair yn glir.

'Un 'styfnig fuest ti 'rioed, Beds!' heriodd Cai.

'Bedwyr i chdi!' rhuodd yr hen ŵr.

'Wel, be wyt ti'n mynd i wneud am y peth?'

'Chdi sy'n dychmygu pethau eto, siŵr. Mae dy ben di yn y gwynt!'

'Ond mae'r arwyddion i gyd yna – yn y sêr a'r lloer a'r planedau.'

'Twt lol! Pam ddyliwn i dy gredu di? Chdi o bawb?' poerodd Bedwyr ato.

'Dyna pam y dois i yma, Beds. Mae gen i ddyletswydd iddo fo. Dyletswydd i wneud yn iawn am yr hyn wnes i'r holl flynyddoedd yn ôl.' Meddalodd llais Cai. 'Mae ei fywyd mewn perygl. Mae'n rhaid i ni ei gadw'n saff!'

Ar hynny gafaelodd Cai ym mwlyn drws y llyfrgell a'i gau'n sownd gan awgrymu bod pethau pwysig ar fin cael eu trafod y tu ôl i'r drws caeedig. Llusgodd Llwyd ei hun yn dawel fach 'nôl i ben y grisiau a'i ben yn un cawdel o gwestiynau. Am bwy oedden nhw'n sôn? Bywyd pwy oedd mewn perygl? A pham fod Ewythr Bedwyr mor ddrwgdybus o Cai?

✦ ✦ ✦

O'r eiliad y daeth Cai i aros i'w gartref, Porth Afallon, roedd Llwyd wedi ei hoffi'n fawr. Cyrhaeddodd yng nghanol corwynt cryf ac yn wlyb at ei groen. Ac roedd ganddo gorwynt o bersonoliaeth hefyd! Chwyrlïai o gwmpas y lle gan chwifio'i freichiau a gweiddi ar dop ei lais gan ddymchwel dodrefn neu unrhyw beth a safai yn ei lwybr. Edrychai Porth Afallon fel petai . . . wel, corwynt, wedi ei daro byth oddi ar i Cai gyrraedd y lle!

Dyna oedd y tro cyntaf i Llwyd glywed unrhyw sôn am berson o'r enw Cai, heb sôn am gwrdd ag o. Doedd hynny ddim yn ei synnu. Hen ŵr ecsentrig a phreifat iawn oedd ei Ewythr Bedwyr, ac anaml iawn y byddai Llwyd ac yntau'n sgwrsio. Treuliai Bedwyr bob awr o'r dydd yn ei atig dywyll yng nghanol ei sgroliau llychlyd, neu yn y llyfrgell yn bodio'i lyfrau.

Doedd Bedwyr ddim yn ewythr go iawn iddo, a byddai'n aml yn atgoffa Llwyd o hynny. Bedair blynedd ar ddeg yn ôl, daeth Bedwyr o hyd i Llwyd yn fabi bach – roedd wedi ei adael yn amddifad ar faen bedydd eglwys y plwyf. Gan nad oedd neb arall ei eisiau, cytunodd Bedwyr i fagu'r plentyn a rhoi to uwch ei ben yn ei gartref, sef Porth Afallon.

Hen dŷ tywyll a thamp ar gyrion y dref oedd Porth Afallon. Roedd angen ei atgyweirio a'i foderneiddio, a bu bron iddo gael ei ddymchwel flwyddyn yn ôl pan oedd swyddogion llywodraeth Prydain, dan arweiniad y Prif Weinidog Jac Offa, am gael gwared ohono er mwyn adeiladu ffordd uwchddaearol ar gyfer y ceir trydanol. Ond wedi diflaniad Jac Offa anghofiodd pawb am y cynllun hwnnw, a chafodd Porth Afallon lonydd. Ac roedd Llwyd hefyd yn hapus iawn yng nghanol y llyfrau, y sgroliau a'r pryfed lludw oedd yn bla o gwmpas y lle.

Pur anaml y galwai neb heibio Porth Afallon heblaw am Arddun Gwen, ffrind Llwyd, o dro i dro. Felly, ers i Cai gyrraedd, teimlai Llwyd yn falch o gael cwmni person arall. Pan gwrddon nhw gyntaf, roedd Cai wedi cyflwyno'i hun fel cefnder Bedwyr.

Edrychai Cai a Bedwyr yn debyg iawn i'w gilydd, dim ond fod Cai yn iau. Roedd yn denau fel llinyn trôns ac yn dal fel polyn lein. Roedd ei wallt hir du seimllyd wedi'i dynnu'n dynn o'i dalcen llydan a'i glymu'n gynffon llygoden fawr y tu ôl i'w ben. Ac roedd ei lygaid fel dau drobwll brown dwfn yn llawn dirgelwch a direidi. Gwyddai'n iawn sut i godi gwrychyn ei gefnder hefyd. Pwy arall fyddai'n meiddio ei alw'n 'Beds'?! A phob tro y byddai'n gwneud hynny byddai Cai yn wincio'n slei ar Llwyd, fel petai'n dweud ei fod wrth ei fodd yn weindio'r hen ŵr fel top!

Ond er bod Ewythr Bedwyr erbyn hyn yn gefngrwm a musgrell, a'i wallt hir claerwyn yn denau fel cynffon ci bach, roedd yn dal yn gadarn fel y graig. Gwyddai Llwyd yn iawn nad oedd ei Ewythr Bedwyr yn hoffi cael ei herio.

Yn sydyn, cafodd drws y llyfrgell ei daflu'n agored.

'Mae'n rhaid i ni gyflawni'r ddefod heno neu mi fydd hi'n rhy hwyr,' mynnodd Cai.

'Dwi'n mynd i 'ngwely. Dwi wedi clywed digon!' atebodd Ewythr Bedwyr yn flinedig.

'Ond mae'r amodau'n berffaith, a Lleuad Fedi yn ei hanterth,' eglurodd Cai. 'Mae hi hefyd yn ŵyl Alban Elfed, sef yr unig adeg o'r flwyddyn pan mae'r dydd a'r nos yr un hyd.'

'Hy! Chdi a dy ŵyl Alban Elfed!'

'Dyma'r adeg berffaith i ofyn i'r pwerau goruwchnaturiol ein hamddiffyn ni i gyd rhag y gaeaf du sydd o'n blaenau, a rhag y grymoedd tywyll sy'n llechu yn y cysgodion.'

'Nos da!'

'Plîîîîîîs, Beds!'

'Fy enw i ydi Bedwyr! Dangosa rywfaint o barch, 'nei di.'

'Mae'n rhaid i ni ei amddiffyn!' Erbyn hyn, roedd Cai'n gweiddi ar dop ei lais.

Diflannodd Llwyd i'w ystafell a gwrando'n astud ar gamau blinedig yn dringo'r grisiau, yna'i Ewythr Bedwyr yn ochneidio'n ddwfn.

2

Lleuad Fedi

Wrth i Llwyd orwedd yn ei wely'n hel meddyliau, roedd golau coch bendigedig yn llifo i'w ystafell drwy'r llenni agored. Rhyfeddai at faint y lleuad lawn, oedd yn llenwi ei ffenestr. Roedd ei lliwiau'n hudolus ac yn debycach i belen yr haul yn machlud.

Mae'r amodau'n berffaith, a Lleuad Fedi yn ei hanterth.

Am beth od i'w ddweud, meddyliodd Llwyd. Beth oedd Cai yn ei olygu? Yn rhyfedd iawn, roedd ei eiriau wedi atgoffa Llwyd o wers Arwel Atom yn yr ysgol yn gynharach yn yr wythnos. Doedd o ddim fel arfer yn talu llawer o sylw i'w athro gwyddoniaeth, ond roedd yr hyn roedd ganddo i'w ddweud y tro hwn yn ddiddorol. Esboniodd Arwel Atom y byddai lleuad lawn anarferol o fawr yn goleuo'r noson honno – Medi 21. Byddai rhywbeth arbennig ynghylch y lleuad hon. Dylai edrych yn fwy o faint ac yn fwy lliwgar a llachar nag unrhyw leuad lawn arall weddill y flwyddyn. Y rheswm am hyn oedd bod y lleuad yn crogi mor isel yn yr awyr, ac felly'n twyllo'r ymennydd a'r llygad i feddwl ei bod yn fwy o faint.

Yr enw ar y lleuad lawn yma oedd Lleuad Fedi. Erstalwm, byddai ei golau llachar yn rhoi digon o olau i'r ffermwyr allu parhau i fedi neu gynaeafu eu cnydau'n hwyr i'r nos. Weithiau, mae'n debyg, byddai'n cael ei galw'n Lleuad yr Helwyr gan fod ei golau llachar yn helpu'r helwyr i ddilyn trywydd eu prae.

Yn ôl Arwel Atom dyma'r cyfnod sy'n cael ei alw'n ŵyl Alban Elfed, sef yr ŵyl oedd yn dathlu diwedd yr haf a dechrau tymor yr hydref. Yn ôl rhai, dyma hefyd pryd mae'r ffin rhwng y byd daearol a'r hudfyd yn denau iawn. Ac ar yr adeg yma roedd pob math o bethau rhyfedd yn gallu digwydd!

Roedd golau llachar y lleuad yn gwneud i Llwyd deimlo'n gysglyd iawn. Bron iawn nad oedd yn ei hypnoteiddio. Roedd ganddo deimlad ym mêr ei esgyrn y byddai'n cael un o'i freudd-wydion rhyfedd heno; breuddwyd yn llawn o gymeriadau od – hanner dyn a hanner pryfyn, pysgodyn anferth a chorrach bach slei efallai.

Yn ei freuddwydion, byddai Llwyd yn teimlo'i hun yn teithio drwy ffynnon hud a thwneli tanddaearol, heb syniad i ble roedd yn mynd nac am beth roedd yn chwilio. Gwelai ffurf dyn mewn ffenestr eglwys yn dweud wrtho ei fod wedi'i ddewis i achub Cymru. Ac yna, bob tro, byddai Llwyd yn deffro'n chwys domen dail gan deimlo fel petai pwysau'r byd ar ei ysgwyddau ifanc.

Wrth swatio o dan y cynfas, gwyliodd bryfyn lludw yn rhuthro ar draws y llawr. Gwthiodd y pryfyn bach ei gragen armadilo drwy un o'r craciau yn y wal. A diflannu. Rholiodd Llwyd ei gorff yn belen fach fel y gwelodd y pryfed lludw'n ei wneud pan fydden nhw'n teimlo dan fygythiad. Caeodd ei lygaid a cheisio cysgu.

✦ ✦ ✦

Yn y cyfamser, yng ngwaelod gardd Porth Afallon, roedd cysgodion ar waith. Yng nghanol drain trwchus a drewdod y gors roedd Cai ac Ewythr Bedwyr wrthi'n paratoi ar gyfer defod bwysig. Yng ngolau'r Lleuad Fedi roedden nhw'n edrych fel dau actor oedd ar fin perfformio mewn drama fawr. Ac roedd golwg ddifrifol iawn ar eu hwynebau.

Cododd awel gref o rywle, a dechreuodd dail y coed siffrwd geiriau o rybudd . . .

Gaeaf Gedonia sy'n dyfod i'r tir.
Gaeaf Gedonia fydd dywyll a hir.

Tynnodd Cai gwdyn lledr o'i boced a thywallt cerrig bach glas i gledr ei law.

'Dyma'r lloerfeini hud,' esboniodd Cai wrth Bedwyr gan eu dal i fyny at y lleuad. Daliodd y cerrig y golau yn syth gan daflu goleuni glas disglair i bob cyfeiriad.

Gosododd Cai nhw'n ofalus ar yr allor lechen o'i flaen. Roedd ffrwythau'r cynhaeaf – afalau ac eirin – a phentwr o ddail yr hydref o liwiau copr, melyn a choch hefyd wedi'u gosod yno hefyd.

'Rŵan, mae'n rhaid i ni drochi'r lloerfeini yn nŵr y ffynnon,' ychwanegodd.

Wedi cryn ymdrech, llwyddodd y ddau ddyn i symud y llechen drom oedd yn cuddio pwll o ddŵr dwfn, seimllyd. Roedd y ffynnon hynafol hon hefyd yn borth i fyd hudol arall, ond doedd neb ond Cai a Bedwyr yn gwybod hynny. Roedd adlewyrchiad hardd y Lleuad Fedi i'w gweld yn berffaith yn nhywyllwch dwfn y dŵr.

Cododd Cai ei law dde a'i symud dros y dŵr mewn cylchoedd bychain clocwedd. Amneidiodd ar Bedwyr i wneud yr un fath. Yna cododd ei ben i edrych ar y lleuad a dechrau llafarganu:

> Lleuad lawn, Lleuad Fedi,
> Amddiffyn ni rhag pob drygioni;
> Mae'r arwyddion nawr yn glir —
> Tywyllwch ddaw yn ôl i'r tir.

> Lleuad lawn, Lleuad Fedi,
> Tro'r tywyllwch yn oleuni.
> Cadwa'n saff un sydd wedi'i alw
> I'n hachub ni; ti wyddost ei enw.

Yna, â'i lygaid yn dal ynghau, cwpanodd Cai y lloerfeini a'u trochi yn nŵr du y ffynnon. Cododd ei law eto a'r tro hwn symudodd hi'n wrthglocwedd. Dechreuodd lafarganu unwaith eto.

> Lleuad lawn, Lleuad Fedi,
> Cyflwynaf i ti y lloerfeini.
> Rho iddynt bŵer i orchfygu
> Y peryglon fydd yn ei wynebu.

Cododd Cai ei ddwylo o'r ffynnon, a diferodd y dŵr glas rhwng ei fysedd. Edrychodd ar Bedwyr gyda dagrau'n cronni yn ei lygaid.

✦ ✦ ✦

Yn ddiweddarach y noson honno, sleifiodd Cai i mewn i ystafell wely Llwyd a gosod rhywbeth ar y cwpwrdd wrth ei wely. Daliodd y lleuad olau carreg fach las oedd wedi'i gosod ar linyn o ledr du. Dechreuodd y golau glas ddawnsio'n chwareus dros wyneb Llwyd – ond roedd yn cysgu'n drwm.

3

Y Dyn Busnes

Roedd neuadd yr ysgol yn llawn sŵn a chyffro. Heddiw roedd yna ddyn busnes dylanwadol o'r ardal yn dod i siarad â'r disgyblion, ac yn ôl y sôn roedd ganddo rywbeth arbennig iawn i'w gynnig. Cymerodd Llwyd sedd ar ddiwedd rhes rywle yng nghanol y neuadd. Doedd o ddim eisiau eistedd yn agos i'r blaen rhag ofn iddo ymddangos yn rhy awyddus. Ond doedd o chwaith ddim eisiau llechu yn y cefn rhag ofn na fyddai'n clywed beth oedd gan y dyn i'w ddweud. Glaniodd cysgod du yn y sedd wrth ei ymyl, fel cigfran yn clwydo ar gangen coeden. Arddun Gwen oedd yno, wedi'i gwisgo mewn du o'i chorun i'w sawdl, fel arfer.

'Hei, ti'n edrych fel drychiolaeth bore 'ma,' meddai Arddun, gan bwnio'i ffrind yn chwareus. 'Mae gen ti gysgodion tywyll o dan dy lygaid.'

Edrychodd Llwyd yn syn ar Arddun. Hy! Pwy oedd hon, gyda'i gwallt du fel y fagddu yn edrych fel nyth brân ar dop ei phen, a phensil du yn tanlinellu'i llygaid gwyrdd fel rhai cath, i awgrymu ei fod o'n edrych fel drychiolaeth?! Fflachiai ei llygaid yn anarferol o wyrdd heddiw, fel dau emrallt disglair. Ond roedd Llwyd wedi hen arfer gyda thynnu coes ei ffrind cegog. Gwleidydd pwysig oedd Gwen Jones, mam Arddun, i lawr yn y Bae. Y llynedd, llwyddodd mam Arddun i atal Jac Offa, Prif Weinidog Prydain, rhag adeiladu'r ffyrdd osgoi uwch-ddaearol dros Gymru, felly roedd hi'n uchel iawn ei pharch erbyn hyn. Roedd yn gwbl amlwg i bawb fod Arddun Gwen yn dilyn ôl troed ei mam hefyd. Byddai'n aml yn protestio ac yn ymgyrchu dros hyn a'r llall yn yr ysgol, gan godi gwrychyn yr athrawon.

Roedd pawb yn synnu bod Llwyd ac Arddun yn gymaint o ffrindiau. Bachgen swil oedd Llwyd, oedd yn hoffi cadw iddo'i hun. Ond roedd Arddun yn uchel ei chloch am bopeth. Ers rhyw flwyddyn roedd y ddau wedi dod yn ffrindiau da, er nad oedd yr un o'r ddau'n siŵr iawn sut y daeth hynny i fod.

'Chysgais i ddim yn rhy dda neithiwr,' eglurodd Llwyd gan agor ei geg fel ogof.

'Gest ti freuddwyd od arall?' gofynnodd Arddun.

'Sut wyt ti'n gwybod?' holodd Llwyd yn syn. Doedd o ddim wedi sôn wrth neb am y breuddwydion rhyfedd y bu'n eu cael yn ddiweddar.

'Dwi'n eu cael nhw hefyd, drwy'r amser . . . am ryw gymeriadau od ac anifeiliaid rhyfedd a phen dynes yn sownd wrth fynydd a –'

Caeodd Arddun ei cheg yn glep wrth i Mr Prydderch y prifathro gamu ar y llwyfan gyda'r dyn busnes yn dynn wrth ei sodlau.

'Bore da. Reit 'ta, heb wastraffu mwy o amser mae'n bleser gen i gyflwyno ein gŵr gwadd sydd wedi dod yma heddiw i drafod cynllun cyffrous iawn gyda chi ac i esbonio sut y gall rhai ohonoch chi fod yn rhan o'r cynllun hwnnw. Mae Jeri Oswyn Cwellyn yn ddyn busnes llwyddiannus iawn; yn *entrepreneur*. Mae'n berchennog ar Sianel Deledu TGD ac newydd agor Parc Antur newydd yn yr ardal gyda'r bwriad o'i ehangu. Mae o yma heddiw i egluro sut y gallwch chithau fod yn rhan o fenter newydd i ddatblygu Parc Antur Gedonia – parc fydd yn denu ymwelwyr o bob cwr o'r byd i'n hardal ni. Felly heb oedi mwy, drosodd i chi, Mr Oswyn Cwellyn,' meddai'r prifathro gan wahodd y dyn busnes i flaen y llwyfan.

'O, galwch fi'n Jeri plîs,' mynnodd Mr Oswyn Cwellyn mewn llais siwgrllyd.

'Hei, mae o'n edrych fel tanjarîn mewn siwt!' piffiodd Arddun Gwen dan ei gwynt. Gwgodd un o'r athrawon arni. Ond roedd Arddun yn llygad ei lle, meddyliodd Llwyd. Roedd yna olwg ryfedd ar Jeri Oswyn, gyda'i groen wedi'i staenio'n oren gan liw haul ffug. Edrychai ei wallt fel patsyn o fwd tywyll gwlyb ar dop ei ben gan fod gormod o jél ynddo.

A dweud y gwir, roedd y gŵr busnes Jeri Oswyn Cwellyn yn edrych fel tipyn o jôc!

4

Jeri Oswyn Cewllyn
(J.Ô.C.)

Treuliodd Jeri Oswyn Cwellyn – neu J.Ô.C. fel roedd Llwyd ac Arddun wedi penderfynu ei alw – ugain munud yn sôn amdano'i hun. Roedd yn amlwg ei fod yn hoff o glywed ei lais ei hun! Roedd rhai o'r disgyblion ieuengaf wedi dechrau anesmwytho ac roedd golwg wedi diflasu ar wynebau rhai o'r athrawon hefyd. Ond syllai un ferch arno yn llawn edmygedd, fel petai'n dduw. Ana Prydderch, merch y prifathro, oedd honno – eisteddai yn y rhes flaen, bron wrth ei draed. Anaconda oedd ei llysenw yn yr ysgol gan fod ganddi natur slei fel sarff. Merch dal a thenau iawn oedd hi, ac edrychai fel neidr fawr yn ei gwisg ysgol werdd.

'Wel, dyna ddigon o ffeithiau diddorol amdana i.' Gwenodd Jeri gan arddangos rhes o ddannedd gosod gwyn perffaith, fel rhai un o sêr Hollywood. 'Dw i yma heddiw i roi cyfle i rai ohonoch CHI ddod yn ddynion busnes llwyddiannus fel fi!'

'A *merched* busnes llwyddiannus!' Cododd Arddun Gwen ar ei thraed mewn protest. Amneidiodd Arwel Atom arni i eistedd i lawr ar ei hunion.

'Wrth gwrs, wrth gwrs, fy merch i. Pam lai,' gwenodd Jeri gan edrych braidd yn anghyfforddus. Cliriodd ei wddf cyn ailddechrau ar ei araith. 'Fel y gwyddoch, fe agorodd Parc Antur Gedonia, ar gyrion y dref, yn gynharach yn y flwyddyn. Mae'r parc yn atyniad poblogaidd a llwyddiannus iawn. Ond fel pob gŵr busnes uchelgeisiol, mae gen i gynlluniau i ehangu'r parc gan ei wneud yn atyniad hyd yn oed yn well. A dweud y gwir, fydd yna'r un parc antur tebyg iddo yn yr holl fyd, coeliwch chi fi! Ac mae'n bosib y bydd rhai ohonoch chi'n gallu bod yn rhan o'r datblygiad cyffrous yma.' Gwenodd yn falch, yn enwedig wrth weld llygaid Ana Prydderch yn chwyddo fel dwy soser.

'Rydw i'n chwilio am ddyfeisydd ifanc i gynllunio reid newydd ar gyfer Parc Antur Gedonia. Ond nid reid gyffredin fydd hon. Y sialens i chi fydd cynllunio'r reid fwyaf anturus a chyffrous yn y byd i gyd. Bydd pobl yn tyrru o bell ac agos i fynd ar y reid yma, ac fe fydd y dyfeisydd yn dod yn enwog dros nos!' cyhoeddodd Jeri.

Erbyn hyn roedd pob llygad wedi'i hoelio arno a phawb yn gwrando'n astud iawn.

'Yn ogystal â'r enwogrwydd, bydd y cystadleuydd buddugol hefyd yn ennill tocyn teulu i'r parc am flwyddyn gyfan a gwobr ariannol o fil o bunnoedd!'

Dechreuodd ffrindiau sibrwd yn gyffrous yng nghlustiau'i gilydd – mil o bunnoedd!

Cododd Mr Prydderch ei law i dawelu'r plant cyn diolch i Mr Jeri Oswyn Cwellyn am ymweld â'r ysgol i lansio'r gystadleuaeth.

Wrth gerdded i lawr y coridor i'w gwersi, aeth Llwyd ac Arddun heibio i grwpiau o blant – a phawb yn trafod UN peth – sef sut roedden nhw'n mynd i ennill y wobr fawr a dod yn enwog (a chyfoethog) dros nos!

Roedd un disgybl yn clochdar yn uwch na'r lleill i gyd.

'Fi sy'n mynd i ennill y wobr 'na, Menna,' mynnodd Anaconda wrth ei ffrind ddiniwed yr olwg. Trotiai Menna Main wrth ei hochr fel ci bach ffyddlon.

'Mae Dadi'n chwarae golff gyda Jeri, ac

mae'r ddau hefyd wedi bod yn aelodau o'r côr lleol. Ha, ha, does gan neb arall obaith caneri!' chwarddodd yn hyderus.

Gwgodd Arddun Gwen ac roedd ar fin gweiddi rhywbeth ar Anaconda, ond rhoddodd Llwyd ei law dros ei cheg.

'Paid, Arddun. Mae mwy nag un ffordd o gau ceg Ana Prydderch,' meddai'n ddoeth.

'Am be wyt ti'n sôn?' holodd Arddun yn swta.

'Wel, mae'n rhaid i ni wneud yn siŵr mai un ohonon NI fydd yn ennill y wobr yna,' gwenodd Llwyd.

Yn wahanol i'r rhan fwyaf o blant yr ardal, doedd Llwyd heb ymweld â Pharc Antur Gedonia eto. Roedd y pris mynediad yn rhy ddrud a gwyddai na allai ei Ewythr Bedwyr ei fforddio. Gwyddai hefyd pa mor bell y byddai mil o bunnoedd yn mynd er mwyn helpu'i ewythr i dalu am yr holl waith trwsio ac atgyweirio oedd angen ei wneud ar Borth Afallon. Felly, roedd hynny'n un rheswm da dros roi cynnig ar y gystadleuaeth.

'Hei Einstein, syniad da!' gwenodd Arddun a fflachiodd ei llygaid yn anarferol o wyrdd unwaith eto. 'Unrhyw beth i wneud yn siŵr nad HONNA sy'n cael ei bachau ar y wobr, dim ond am fod "Dadi" yn adnabod y beirniad! Hei-ffeif, Llwyd!'

Clapiodd y ddau ffrind eu dwylo yn yr awyr. Wrth wneud hynny gwelwyd fflach o liw glas llachar o dan goler crys Llwyd.

Estynnodd Arddun am y tlws oedd yn cuddio o dan ei dei ysgol. Astudiodd y garreg las hardd oedd yn hongian ar y lledr du.

'Be 'di hon?' holodd yn syn.

'Paid!' cythrodd Llwyd gan stwffio'r tlws yn ôl o dan ei grys gan edrych o'i gwmpas i wneud yn siŵr nad oedd unrhyw athrawon yn y golwg. Roedd yna reol lem iawn nad oedd y disgyblion i wisgo unrhyw dlysau i'r ysgol.

'Fe ddois i o hyd iddi wrth fy ngwely bore 'ma. Dwn i ddim sut y daeth hi yno, ond ro'n i'n gwybod fy mod i FOD i'w gwisgo a pheidio'i thynnu i ffwrdd,' atebodd Llwyd gan wybod bod yr hyn a ddywedai'n swnio'n hollol hurt.

Chwarddodd Arddun Gwen yn uchel cyn chwalu gwallt ei ffrind.

'Ha ha! Un rhyfedd wyt ti, Llwyd Cadwaladr!

5

LLADRAD

'Tro'r teledu ymlaen. Rŵan!'

Fflachiodd wyneb Arddun ar sgrin sgwrsio Llwyd cyn diflannu'n ddisymwth. Gwnaeth fel y dywedodd ei ffrind, a'r eiliad y gwelodd yr olwg ddifrifol ar wyneb Nia Haf, oedd yn cyflwyno'r newyddion, gwyddai fod rhywbeth mawr wedi digwydd.

– Cerddoriaeth agoriadol Newyddion TGD –

STIWDIO **TGD**
NIA HAF:
Rydych yn gwylio Sianel TGD. Rydym yn torri ar draws eich rhaglen i ddod â newyddion pwysig i chi o Senedd Cymru.

Mae adroddiadau'n ein cyrraedd bod lladron wedi llwyddo i dorri i mewn i ystafell ddirgel o dan y Senedd. Digwyddodd hyn ryw awr yn ôl, ac rydym newydd dderbyn cadarnhad eu bod wedi dwyn un o drysorau pwysicaf ein cenedl.

Mae rhai haneswyr yn honni bod yr allwedd aur yma'n dyddio yn ôl i'r bumed ganrif a bod ganddi gysylltiadau â'r Brenin Arthur. Mae'r allwedd yn hynafol iawn, a does neb yn gallu rhoi pris arni. Mae rhai'n dweud bod gan yr allwedd bwerau goruwchnaturiol ac mai ei phwrpas yw diogelu dyfodol Cymru. Dyna pam ei bod wedi ei chuddio'n ofalus o dan y Senedd, ac mae'r ffaith ei bod wedi ei dwyn wedi achosi cryn sioc i nifer o bobl. Awn ni draw rŵan at ein gohebydd yn y Senedd i glywed rhagor. Dewi Wyn, be ydi'r diweddaraf ar y stori yma?

Ar Leoliad, Y Senedd, Bae Caerdydd
Dewi Wyn:
Wel Nia, mae'r awyrgylch yma yn y Senedd yn un o sioc ac o ddryswch. Doedd neb i fod i wybod ble roedd yr allwedd wedi'i chuddio. Ond rhywsut, am 3.02 y prynhawn yma, fe dorrodd lladron mewn siwtiau a mygydau gwyn i mewn i'r adeilad a'i dwyn o'i chuddfan, cyn diflannu. Does dim i'w weld ar gamerâu diogelwch y Senedd, ac mae'r heddlu a'r gweithwyr fforensig eisoes yn chwilio am dystiolaeth. Ond mae'n

profi'n dasg anodd iawn i ddod o hyd i unrhyw wybodaeth am bwy sydd wedi cyflawni'r drosedd hon.

– Torri'n ôl i'r Stiwdio –

STIWDIO **TGD**
NIA HAF:
Be sy gan y gwleidyddion i'w ddweud am yr hyn sy newydd ddigwydd, Dewi?

– Torri'n ôl i'r Stiwdio –

AR LEOLIAD, Y SENEDD, BAE CAERDYDD
DEWI WYN:
Mae'r gwleidyddion i gyd wedi'u hysgwyd gan hyn, yn enwedig oherwydd bod y cyfan wedi digwydd o dan eu trwynau. Ac yn ymuno gyda mi nawr mae'r gwleidydd blaenllaw, Gwen Jones. Diolch i chi am ddod aton ni ar fyr rybudd fel hyn.

GWEN JONES:
Croeso, Dewi.

DEWI WYN:
Dywedwch wrtha i, Gwen Jones, pam fod yr allwedd yma mor bwysig i Gymru?

GWEN JONES:

Wel, mae'n amhrisiadwy, nid yn unig am ei bod mor hen a bod ganddi gysylltiadau â'r Brenin Arthur, ond hefyd oherwydd mai dyma'r allwedd i galon Cymru. Dwi'n un o'r rheiny sy'n credu'n gryf bod gan yr allwedd yma bwerau goruwchnaturiol. Mae Cymru dan fygythiad drwy'r amser, ond ers sefydlu'r Senedd rydyn ni wedi mwynhau cyfnod o heddwch. Ond rŵan bod yr allwedd wedi diflannu, rydw i'n poeni'n fawr am yr hyn sy o'n blaenau ni.

DEWI WYN:

Oes ganddoch chi unrhyw syniad pwy allai fod wedi cyflawni'r drosedd yma?

GWEN JONES:

Wel, mae'r heddlu'n gweithio'n galed i chwilio am unrhyw gliwiau. Yn y cyfamser, rydyn ni'n apelio at aelodau o'r cyhoedd i roi gwybod i'r heddlu os oes ganddyn nhw unrhyw wybodaeth allai ein helpu ni gyda'r archwiliad. Rydyn ni'n mawr obeithio y down ni o hyd i'r trysor cenedlaethol yma'n fuan iawn. Mae dyfodol Cymru yn y fantol.

DEWI WYN:

Y gwleidydd Gwen Jones, diolch yn fawr iawn i chi. Yn ôl atoch chi yn y stiwdio, Nia.

– Torri'n ôl i'r Stiwdio –

STIWDIO TGD
NIA HAF:

Diolch i chi, Dewi. A dyna'r cyfan gen i am y tro. Fe ddown ni â'r diweddaraf i chi o'r Senedd cyn gynted ag y bydd unrhyw newyddion yn ein cyrraedd ni. Oddi wrtha i a'r tîm yma yn TGD felly, pnawn da i chi.

– Cerddoriaeth Newyddion TGD i gloi'r bwletin –

6

Drygioni'n Dychwelyd

'Cỳt! Diolch yn fawr, bawb!' gwaeddodd Jeri Oswyn Cwellyn.

Roedd newydd orffen cyfarwyddo'r bwletin newyddion ar ei sianel deledu, TGD. A rŵan roedd gwylwyr Sianel TGD i gyd yn gwybod bod yr allwedd aur wedi diflannu. Hon oedd yr allwedd, yn ôl rhai, oedd i fod i achub Cymru a sicrhau heddwch. Ac roedd Jeri'n teimlo'n ffyddiog erbyn hyn bod pobl Cymru'n poeni. Yn poeni'n arw am ddyfodol eu gwlad.

Sleifiodd Jeri i fyny i'r galeri a gwasgu cod dirgel i mewn i'r blwch plastig ger y drws metel ar dop y grisiau. Rhannodd y drws yn ddwy ran, fel llenni'n agor. Cymerodd Jeri gipolwg slei dros ei ysgwydd cyn camu drwy'r bwlch. Caeodd y drysau ar ei ôl fel y planhigyn Venus Flytrap yn llyncu pryf.

Cerddodd i lawr y grisiau troellog metel, a sŵn ei draed yn atseinio o'i gwmpas. Doedd neb arall yn yr ystafell. Roedd hi'n dywyll fel bol buwch yno heblaw am y golau oedd yn disgleirio o bair haearn bychan. Fflachiai golau oddi ar y wal o fonitorau teledu hefyd wrth i linellau gwyrdd ffurfio ar y sgriniau gan godi ac ymestyn fel copaon mynyddoedd. Cerddodd Jeri at y sgrin fwyaf a sefyll o'i blaen.

'O bŵer grymusaf a thywyllaf y bydysawd, dyma fi at eich gwasanaeth,' cyhoeddodd Jeri.

Atseiniodd llais iasol dros y lle mewn ymateb, gan wneud i'r llinellau gwyrdd ar y sgrin godi a gostwng fel tonnau tswnami.

'Henffych, was ffyddlon. Lwyddaist ti yn dy orchwyl?'

'Do, feistr. Mae'r allwedd yn fy meddiant ac yn y pair fan acw,' meddai gan bwyntio at bair haearn bychan poeth gerllaw. Dangosai'r mesurydd wrth ochr y pair fod y tymheredd yn 1064 gradd Celsius – y gwres sydd ei angen i doddi aur.

'A bellach, diolch i Sianel TGD, sef Teledu Gedon Ddu wrth gwrs, sydd wedi'i henwi ar eich hôl chi ac yn porthi eich pŵer, o barchus feistr,' gwenodd Jeri Oswyn Cwellyn, 'mae'r si ar led fod Cymru gyfan mewn perygl!' ymffrostiodd. 'Does dim i'n rhwystro ni bellach rhag troi

Cymru, y byd a'r Hudfyd yn un parc antur anferth. Parc Antur Gedonia!'

'Bydd y gyfrinach am fodolaeth yr Hudfyd yn cael ei chwalu a bydd y meidrolion twp yn cael eu denu i'r parc antur heb wybod na fyddan nhw BYTH yn gallu dianc oddi yno.' Cynhyrfodd y llais tywyll a ddeuai o'r sgrin. 'Bydd pawb o dan fy rheolaeth i, a phob un yn dod yn was i mi! Fel ti, was ffyddlon.'

'Pleser o'r mwyaf yw eich gwasanaethu, Feistr,' gwenodd Jeri gan foesymgrymu o flaen y sgrin.

'Ardderchog. Rwyt ti wedi cyflawni dy dasg gyntaf yn gampus. Beth yw'r diweddaraf ynghylch yr unig fygythiad a all rwystro ein cynlluniau rhag llwyddo?'

'Peidiwch â phoeni am y dewisedig rai. Mae gen i gynllun i ddal y ddau blentyn busneslyd. Rydw i'n gwybod sut i gael gwared arnyn nhw unwaith ac am byth,' crechwenodd Jeri.

'Gwych! Mae'n RHAID i ni ddial arnyn nhw. Does NEB yn cael gwneud ffŵl o Gedon Ddu fel yna eto! Rhaid i'r ddau feidrolyn ifanc dalu'n ddrud am yr hyn wnaethon nhw. Rhaid cael gwared ar y ddau blentyn unwaith ac am byth!' cynhyrfodd y llais.

Cytunodd Jeri â'i feistr, cyn cerdded at siambr wydr yng nghornel yr ystafell. Pwysodd fotwm coch, a llifodd llif o fflwrolau llachar dros ei gorff i gyd. Caeodd ei lygaid yn dynn wrth i'w groen oren a'i wallt seimllyd du lithro oddi ar ei ben, ei wyneb ei freichiau a'i holl gorff. Llifodd y cyfan yn gymysgedd o slwtsh lliwgar wrth ei draed. Fel cameleon yn newid ei liw, trawsnewidiwyd ymddangosiad Jeri Oswyn Cwellyn yn llwyr.

Stopiodd y llif o fflwrolau llachar. A phan gamodd y dyn allan o'r bocs gwydr, yno yn sefyll yng nghanol yr ystafell roedd un o elynion pennaf Cymru.

7

Parc Antur Gedonia

'Wyt ti ffansi treulio'r pnawn ym Mharc Antur Gedonia?' holodd Arddun Gwen. Safai yn wên o glust i glust ar stepen drws Porth Afallon. 'Mi fydd yn gyfle gwych i edrych o gwmpas y lle a gwneud ychydig o waith ymchwil ar gyfer y gystadleuaeth 'ma. Ti'n gêm?'

Petrusodd Llwyd. Ni allai feddwl am ffordd well o dreulio prynhawn dydd Sul braf, yn enwedig gan nad oedd wedi bod yn y parc o'r blaen. Ond doedd ganddo mo'r galon i ofyn i'w Ewythr Bedwyr. Gwyddai fod arian yn brin, a byth ers noson ei ffrae danbaid gyda Cai roedd hwyliau drwg iawn ar ei ewythr. A dweud y gwir, roedd Llwyd wedi bod yn gwneud ei orau i'w osgoi! Er mawr siom i Llwyd, roedd Cai wedi diflannu o Borth Afallon – a hynny heb ffarwelio, hyd yn oed.

'Paid â phoeni am bres,' gwenodd Arddun, fel petai wedi darllen ei feddwl. 'Yli, mae Mam wedi rhoi digon yn fy nghyfrif banc i,' meddai gan chwifio'r cerdyn plastig yn ei wyneb. 'Hen ddigon i dalu'r pris mynediad i'r ddau ohonon ni, a digon dros ben i ni gael bwyd yn y caffi wedyn.'

'Wel, os wyt ti'n siŵr, mi fasa hynna'n grêt,' meddai Llwyd gan wenu. 'Mae dy fam yn ffeind iawn.'

'Hy! Mae Mam yn teimlo'n euog am ei bod hi'n fy ngadael i yng ngofal Nanw y nani mor aml oherwydd ei gwaith yn y Senedd. Ond dydi hynny ddim yn poeni 'run iot arna i. Mae'n golygu fy mod i'n cael llwythi o anrhegion ganddi.' Dawnsiodd llygaid gwyrddion Arddun.

'Roedd hi'n siarad yn dda ar y newyddion bnawn ddoe,' meddai Llwyd.

'Mae hi'n poeni bod yr allwedd aur 'na wedi cael ei dwyn. Mae hi'n credu'n gryf bod 'na ryw bwerau goruwchnaturiol ynghlwm â'r peth. Hen lol wirion, os ti'n gofyn i mi!' hyffiodd Arddun. 'Rŵan, ydan ni am fynd i'r parc 'ta be, neu mi fydd hi wedi dechrau nosi. Ty'd!'

Wedi mynd allan am y pnawn.
Byddaf yn ôl cyn swper,
Llwyd

Ysgrifennodd Llwyd neges frysiog i'w ewythr. Caeodd y drws mawr derw'n glep ar ei ôl, a cherddodd y ddau ffrind i ddal y bws i'r parc.

✦ ✦ ✦

'Waw!' ebychodd Llwyd gan edrych o'i gwmpas. Roedd wedi synnu at faint y parc a chymaint oedd i'w wneud yno. Roedd yna reidiau ym mhob man – rhai oedd yn eich taflu i'r awyr, yn eich troelli fel top, yn eich chwyrlïo yn eich unfan ac yn eich trochi mewn dŵr. Gallech fynd ar reid Amasonaidd drwy'r brwyn ar gwrwgl. Neu beth am neidio ar y lleuad, sef trampolîn enfawr ar siâp arwyneb y lleuad, yn llawn craterau mawr? Roedd modd rasio o amgylch y trac mewn ceir bach, llithro i lawr weiren antur am gannoedd o fetrau drwy'r coed; ymweld â'r gornel anifeiliaid . . . a dweud y gwir, doedd Llwyd ddim yn gwybod ble i ddechrau!

'Croeso, croeso gyfeillion. Tydi Parc Antur Gedonia yn grêt, d'udwch!' gwaeddodd llais siwgrllyd o'r tu ôl iddyn nhw. Trotiodd Jeri Oswyn Cwellyn tuag atyn nhw gan edrych hyd yn oed yn fwy ffals na phan ymwelodd â'r ysgol.

Roedd ei wyneb yn chwerthinllyd o oren a'i wallt yn ddu fel y fagddu.

''Dach chi wedi dod yma i ymchwilio ar gyfer y gystadleuaeth, dwi'n cymryd,' meddai gan wincio. 'Dwi'n cofio'ch gweld chi yn yr ysgol. Da iawn. Tip top! Marc bonws i chi'ch dau yn syth!' ychwanegodd gan bwnio pen braich Llwyd. 'Edrychwch yn fanwl o gwmpas y lle. Chwiliwch am y bylchau. Cofiwch fod yn rhaid i'r reid yma fod yn arbennig, yn arallfydol, y gyntaf o'i bath yn yr holl fyd!' gwaeddodd mewn llais dros-ben-llestri.

'Ond yn gyntaf, be am i chi fwynhau sioe hud Myrddin y Dewin – consuriwr gorau Cymru? Mae hi ar fin dechrau,' meddai gan amneidio at amffitheatr fechan gerllaw. 'Mwynhewch!' Gwenodd yn ffals drwy ei ddannedd gwyn, cyn cerdded i ffwrdd yn fân ac yn fuan.

'Ych a fi! Mae'r dyn yna'n codi'r crîps arna i!' gwingodd Arddun. 'Mae 'na rywbeth amheus yn ei gylch o, a fedra i ddim cweit roi fy mys ar y peth! Mae'n dipyn o J.Ô.C. yn dydi!'

'Paid â bod mor gas – dim ond bod yn glên mae o,' atebodd Llwyd. 'A dwi'n siŵr y bydd y ffaith ein bod ni wedi dod yma heddiw yn help ar gyfer y gystadleuaeth. Ty'd, awn ni i weld sut gonsuriwr ydi'r Myrddin 'ma.'

'Hy! Paid â disgwyl gormod!' hyffiodd Arddun. 'Yn ôl Mam, roedd o'n arfer gweithio yn y dre mewn siop trefnu gwyliau nes iddo golli'i swydd,' ychwanegodd. 'Myrddin y Mwydryn roedd pawb yn arfer ei alw am ei fod o'n mwydro cymaint. Roedd o'n diflasu pobl, felly doedden nhw byth yn prynu gwyliau. A does ganddo fo fawr o glem sut i wneud triciau chwaith, o be wela i!' chwarddodd gan bwyntio at ddyn bach pen moel oedd yn chwysu chwartiau wrth i'r peli roedd o'n ceisio'u jyglo rolio i bob cyfeiriad.

Roedd yr amffitheatr awyr agored yn llawn dop, ond llwyddodd Llwyd ac Arddun i ddod o hyd i ddwy sedd ar fainc bren yn weddol agos at y ffrynt. Rhoddodd Arddun ei llaw dros ei cheg i rwystro'i hun rhag chwerthin wrth i Myrddin geisio gwneud i hancesi bob lliw ddiflannu yn ei law. Ond roedd yn amlwg i bawb ei fod yn ceisio'u stwffio nhw i fyny'i lawes!

'A rŵan, dwi am ofyn i aelod o'r gynulleidfa ddod i lawr yma i'm helpu i gyda'r tric nesa. Oes unrhyw un yn fodlon?' holodd Myrddin yn nerfus.

Cyn i Llwyd allu ei hatal, saethodd llaw Arddun fel bwled i'r awyr. Chwifiodd hi'n wyllt er mwyn denu sylw Myrddin. Edrychodd yntau arni, a syrthiodd ei wep yn syth bìn, fel petai wedi gweld ysbryd. Stopiodd yn stond ac yna, heb unrhyw eglurhad, casglodd ei offer yn frysiog oddi ar y llawr a'u stwffio i mewn i'w gist. Rhedodd oddi ar y llwyfan gan fwmial ei ymddiheuriadau o dan ei wynt.

'Wel, am ddyn bach od,' synnodd Arddun gan godi ar ei thraed. 'Ty'd, awn ni i chwilio am hufen iâ!'

Cerddodd y ddau i gyfeiriad y caffi.

Ac yn eu dilyn roedd cysgod rhywun cyfarwydd . . .

8

FFYNNTASTIG

Fore trannoeth roedd Llwyd ac Arddun yn dawel iawn ar y bws ysgol. Roedd y ddau'n dal i bendroni dros eu breuddwydion rhyfedd y noson cynt, ac yn ysu am gael dweud wrth ei gilydd. Ond doedd y naill ddim am i'r llall feddwl eu bod nhw wedi mynd yn hollol wallgo!

Heblaw am Llwyd ac Arddun, roedd pawb arall ar y bws yn siarad pymtheg y dwsin ar draws ei gilydd.

'Mi fydd fy reid i'n gallu mynd o 0 i 100 cilometr yr awr mewn dwy eiliad!'

'Bydd fy nghynllun i'n gwneud i reid Megaffobia deimlo fel reid plant bach!'

'Megaffobia? Fflop-a-ffobia, ti'n feddwl! Ha, ha!'

'Wyt ti wedi bod ar y Nemesis yn Alton Towers? Wel, bydd fy reid i yn llawer mwy cŵl!'

'Rhaid i ti wisgo mwgwd ar fy reid i rhag i dy lygaid bopian allan o'u socedi!'

'Ych a fi!'

Crechwenodd Anaconda wrth glywed yr holl gyffro. Hisiodd yng nghlust ei ffrind, Menna Main, 'Hy, does gan neb arall obaith o ennill y gystadleuaeth. Mae Jeri Oswyn Cwellyn fwy neu lai wedi dweud wrth Dadi mai fi sy wedi ennill!'

'Gawn ni weld am hynny, Ana Prydderch!' Ffrwydrodd Arddun fel llosgfynydd yn ei sedd. Roedd wedi bod yn gwylio merch y prifathro'n ofalus o gefn y bws ac wedi ei chlywed yn brolio.

'Hisht, Arddun,' meddai Llwyd i geisio'i thawelu. 'Paid â gadael iddi hi dy gorddi di.'

Stwffiodd Llwyd ei law i'w fag ysgol a theimlo'r darn papur oedd wedi'i blygu'n ofalus y tu mewn. Roedd ôl meddwl dwys iawn ar ei gynllun ar gyfer ei reid i Barc Antur Gedonia. Ac yn dawel fach roedd Llwyd yn croesi'i fysedd y byddai Jeri Oswyn Cwellyn yn ei hoffi.

✦ ✦ ✦

Roedd neuadd yr ysgol eisoes dan ei sang, a phawb yn ysu am gael clywed beth oedd gan Jeri Oswyn Cwellyn i'w ddweud. Roedd y dyn busnes pwysig wedi bod wrthi'n brysur yn astudio'r holl gynlluniau yn swyddfa Mr

Prydderch y prifathro drwy'r bore. Ac yn ôl y wên lydan ar ei wyneb roedd wedi cael ei blesio'n fawr.

Camodd ar y llwyfan yn ei drowsus gwyn a'i siaced goch – a'r rheiny'n edrych yn erchyll gyda'i groen lliw haul oren ffug!

'Pnawn da, gyfeillion. Ac ydi, mae o'n bnawn da hefyd,' meddai gan chwerthin ar ben ei jôc ei hun. 'Dwi wedi treulio bore ysbrydoledigaethus yn astudio'r holl geisiadau, a dwi wir wedi fy mhlesio,' canmolodd Jeri.

'Ysbrydoledigaethus? Does 'na ddim ffasiwn air yn bod, y ffŵl gwirion!' wfftiodd Arddun o dan ei gwynt.

'Hisht!' chwyrnodd ei ffrind. Roedd Llwyd yn awyddus iawn i glywed beth oedd gan Jeri i'w ddweud. Roedd ei galon wedi dechrau curo'n gyflymach a'i ddwylo'n damp gan chwys.

'Daeth dros gant o gynlluniau i'r gystadleuaeth, ac roedd y safon yn uchel iawn. Mae'n amlwg fod yna gynllunwyr ifanc talentog iawn yn yr ysgol hon,' meddai gan edrych i gyfeiriad Mr Prydderch y prifathro.

Curodd yntau ei ddwylo'n uchel wrth glywed y ganmoliaeth, gan annog pawb arall i ymuno.

'Llwyddais i ddewis deg i fod ar y rhestr fer.

Ac o'r deg cynllun yna, mae dau wedi dod i'r brig.'

Erbyn hyn gellid clywed pìn yn disgyn yn y neuadd.

'Reid droellog a gwibiog yw'r Anacondia, ar ffurf neidr anferth. Mae'r reid wedi'i chynllunio fel ei bod yn nadreddu drwy'r holl barc, gan deithio dros dopiau'r coed ac yna drwy ddŵr a thwneli tywyll. Pen y daith fydd ceg agored y sarff, a bydd y sawl sydd ar y reid yn cael ei daflu o'i sedd i mewn i'r geg. Yna, bydd y geg yn cau amdano cyn i'r person wedyn gael ei boeri allan yr ochr arall. Mae hwn yn gynllun uchelgeisiol sy'n llawn antur ac arswyd – perffaith ar gyfer parc fel Gedonia!' crynhodd Jeri.

'Ieeeeeii! Fy nghynllun i ydi'r Anacondia,' gwaeddodd Ana Prydderch dros y lle. Rholiodd nifer o'r disgyblion (a'r athrawon!) eu llygaid. Gwenodd Mr Prydderch y prifathro ar ei ffrind, Jeri Oswyn Cwellyn.

'Hy! Dyna syrpréis!' sibrydodd Arddun yn nawddoglyd.

'Ond –' ebychodd Jeri yn ddramatig, gan hawlio sylw pawb eto. 'Roedd yna un cynllun arall hefyd a ddenodd fy sylw. Reid ar ffurf ffynnon hud yw Ffynntastig. Byddwch yn syrthio ar gyflymder o gan cilometr yr awr i lawr ffynnon dywyll ac yna'n cael eich tywys mewn cerbyd drwy dwneli tanddaearol o dan y parc gan ddod ar draws pob math o bethau rhyfedd a hudolus.'

Teimlodd Llwyd lygaid yn llosgi i gefn ei ben. Trodd i weld Arddun yn edrych yn gegrwth arno, a'i llygaid yn fflachio'n anarferol o wyrdd.

'Chdi?!' ebychodd.

'Mae'n syniad hollol wreiddiol a gwefreiddiol,' aeth Jeri yn ei flaen. 'Felly, dwi wedi dod i'r casgliad bod dau enillydd i'r gystadleuaeth hon. Bydd y ddau'n derbyn mil o bunnau'r un, a thocyn mynediad teulu i'r parc am flwyddyn gron,' cyhoeddodd Jeri yn falch. 'Llongyfarchiadau mawr iddyn nhw.'

'Felly, a wnaiff cynllunwyr y reidiau Anacondia a Ffynntastig ddod i fyny i'r llwyfan er mwyn i bawb gael eu gweld nhw, os gwelwch yn dda?'

Cyn i neb gael cyfle i ddweud hob-a-deri-dando, roedd Ana Prydderch wedi rhedeg i ben y llwyfan ac yn edrych i fyw llygaid Jeri fel ci bach ffyddlon. Petai ganddi gynffon, byddai honno wedi bod yn ysgwyd hefyd!

'Wel, dos yn dy flaen!' meddai Arddun yn llawn balchder, gan roi hwb i'w ffrind.

Ychydig funudau'n gynt, roedd ias oer wedi

mynd drwyddi pan glywodd Jeri'n disgrifio'r reid Ffynntastig. A rhywsut, gwyddai mai Llwyd oedd wedi dyfeisio'r cynllun. Roedd popeth yn ei hatgoffa o'i breuddwydion. Byddai Arddun yn cael ei deffro'n aml yn ddiweddar gan freuddwydion od am gymeriadau rhyfedd yn dweud wrthi ei bod wedi'i dewis i achub dyfodol Cymru. Oedd yntau hefyd wedi bod yn breuddwydio am fyd hudol a chymeriadau rhyfedd? Tybed?

Cododd Llwyd ar ei draed yn araf. Synnodd pawb o'i weld. Bachgen tawel oedd Llwyd Cadwaladr fel arfer, a doedd o byth yn cymryd rhan mewn unrhyw beth yn yr ysgol. Ond yna, dechreuodd pawb guro dwylo'n wyllt i'w longyfarch.

Wrth weld y bachgen eiddil ei olwg yma'n cerdded yn swil tuag at y llwyfan, cyrliodd corneli ceg Jeri Oswyn Cwellyn gan ffurfio gwên fach faleisus.

❖ ❖ ❖

Cerddodd Jeri drwy ddrysau'r ysgol ac allan i'r awyr iach. Yn aros amdano roedd car hir du trydanol, a chamodd i mewn i'w grombil.

Goleuodd y dashfwrdd ac ymddangosodd llinellau gwyrdd ar y sgrin.

'O Feistr y Tywyllwch, mae'r rhwyd yn dechrau cau,' gwenodd yn falch gan bilio'i groen oren oddi ar ei wyneb fel haen nionyn. 'Dwi wedi dod o hyd i ffordd berffaith o dwyllo'r dewisedig rai a'u denu i'w diwedd. Mae'r plant ar fin cael damwain drasig yn y parc antur! Byddan nhw'n diflannu oddi ar wyneb y ddaear am byth!'

'Gwaith da, was ffyddlon,' atebodd Gedon Ddu.

Gwenodd Jeri wrth glywed canmoliaeth ei feistr.

9

Cyhoeddusrwydd

Ychydig ddyddiau wedi ymweliad Jeri Oswyn Cwellyn â'r ysgol, derbyniodd Llwyd lythyr swyddogol yn cadarnhau ei fod yn un o enillwyr y gystadleuaeth. Roedd y llythyr hefyd yn estyn gwahoddiad i Llwyd a ffrind i Barc Antur Gedonia i dderbyn ei wobr a thynnu lluniau ar gyfer y wasg.

FFLACH . . . CLIC CLIC . . . FFLACH . . . CLIC CLIC . . .

'Gwena'r twmffat!' gwaeddodd Arddun o'r tu ôl i'r rhes o ffotograffwyr. Edrychai Llwyd fel cwningen wedi'i ddal mewn goleuadau car – roedd ei lygaid fel dwy soser fawr a doedd dim gwên ar ei wyneb. Roedd yn casáu'r holl gyhoeddusrwydd yma! Ar y llaw arall, gwenai Anaconda mor llydan nes edrych fel petai rhywun yn tynnu corneli'i cheg fel darn o lastig. Safai Jeri Oswyn Cwellyn rhyngddyn nhw gan ddal lluniau wedi'u fframio o gynlluniau Anacondia a Ffynntastig, y reidiau buddugol.

Wedi sbel o wenu, penderfynodd Jeri ddod â'r syrcas i ben. 'Dyna ni am heddiw, diolch i bawb,' cyhoeddodd wrth aelodau'r wasg, er mawr ryddhad i Llwyd.

Trodd Jeri at Llwyd ac Anaconda. 'Wel dyna ni, bydd pawb yn gwybod am eich reidiau campidigaethus chi rŵan!' trydarodd.

O gornel ei lygaid, gallai Llwyd weld Arddun yn rholio'i llygaid. Gwnaeth siâp ceg gan sillafu: 'C-A-M-P-I-D-I-G-A-E-TH-U-S!'

Yn ffodus, roedd digon o ffotograffwyr o gwmpas i guddio Arddun rhag i Jeri ei gweld hi'n ei wawdio.

Cerddodd Jeri at Llwyd ac Anaconda a golwg ofidus ar ei wyneb. 'Yn anffodus, gyfeillion annwyl, mae'n rhaid i mi eich gadael chi rŵan . . . gwaith yn galw, mae arna i ofn,' ochneidiodd yn ddramatig. 'Ond mae croeso i chi dreulio gweddill y pnawn yma. Gwnewch y mwyaf o'r cyfle i ddatblygu'ch cynlluniau cyn i'r gwaith adeiladu go iawn ddechrau. Hoci-doci?'

Nodiodd Anaconda'i phen fel plentyn bach ufudd. 'Ticatibŵ, felly, a thwdylpips, gyfeillion!'

ychwanegodd Jeri cyn troi ar ei sawdl a gleidio tuag at ei swyddfa.

'Mae'r dyn yna'n hollol paaaa-thetig! Jeri Oswyn Cwellyn, ti'n JÔC!' arthiodd Arddun. 'Ar ba blaned mae o'n byw?'

'Cau dy hen geg fawr, Arddun Gwen!' Rhuthrodd Anaconda ati fel petai'n barod i'w llyncu mewn un darn. 'Mae'r "dyn pathetig" yna newydd roi mil o bunnoedd i dy gariad di!'

Teimlodd Llwyd y gwrid yn dringo hyd fôn ei glustiau wrth iddo glywed awgrym Anaconda ei fod o ac Arddun yn ddau gariad. Ond roedd Arddun yn rhy brysur yn pigo ffeit i gymryd unrhyw sylw.

'Ia, rhag ofn y bydd rhyw dderyn bach yn dweud wrtho,' gwichiodd Menna Main. Camodd ffrind diniwed Anaconda o'i chuddfan y tu ôl i gerflun mawr pren ar siâp morfarch.

'Rhyw dderyn bach? Hy! Llygoden fach ofnus ti'n feddwl, yntê Menna Main!' poerodd Arddun Gwen. Symudodd Menna i sefyll yn nes at Anaconda rhag ofn i Arddun ymosod arni!

'Ty'd, Arddun. Awn ni am ddiod i'r caffi,' awgrymodd Llwyd gan dynnu ar fraich ei ffrind. Gallai weld bod pethau ar fin mynd dros ben llestri, ac yn dawel fach doedd o ddim am ypsetio

Jeri Oswyn Cwellyn. Roedd ar ben ei ddigon ar ôl ennill y gystadleuaeth. Dyma'r tro cyntaf erioed iddo ennill unrhyw beth, ac edrychai ymlaen at weld ei gynllun yn cael ei droi'n reid go iawn.

✦ ✦ ✦

Dau Coke a theisen hufen yn ddiweddarach, roedd Arddun Gwen yn dal i alw Anaconda a Menna Main yn bob enw dan haul! Ond roedd Llwyd wedi troi clust fyddar iddi erbyn hyn. Tynnwyd ei sylw gan ddyn oedd yn eistedd ar ei ben ei hun yng nghornel bellaf y caffi. Ble yn y byd oedd o wedi gweld y dyn yma o'r blaen?

Yna, yn sydyn, gwawriodd arno. Myrddin, y consuriwr ceiniog a dimai, oedd wedi gorffen ei sioe mor ddi-ffrwt y dydd o'r blaen oedd o. Sylwodd Myrddin fod rhywun yn syllu arno, felly trodd Llwyd yn ôl at Arddun Gwen a'i chwyno.

Bum munud yn ddiweddarach clywodd lais tawel o'r tu ôl iddyn nhw.

'Esgusodwch fi, ond oes modd cael gair gyda chi'ch dau?' gofynnodd y llais.

Myrddin y consuriwr oedd yno.

Ac roedd golwg daer iawn ar ei wyneb.

10

Myrddin

'Atgoffwch ni . . . PWY 'dach chi eto?' holodd Arddun yn bigog. Roedd Anaconda a Menna Main wedi'i chorddi i'r fath raddau fel ei bod yn dal mewn tymer ddrwg iawn.

'Myrddin – dewin y Brenin Arthur. Dyna pwy ydw i,' atebodd y dyn bach penfoel. Edrychodd yn nerfus o'i gwmpas i wneud yn siŵr nad oedd neb yn clustfeinio. 'Mae'n bwysig iawn eich bod chi'n fy nghredu i.'

'Hy! A fi ydi'r Frenhines Gwenhwyfar, gwraig y Brenin Arthur!' wfftiodd Arddun, a'i llygaid yn fflachio'n wyrdd. 'Dewin y Brenin Arthur, wir! Dydach chi'n fawr o ddewin o'r hyn welson ni o'ch sioe driciau chi. Myrddin y Mwydryn mae pawb yn eich galw chi!' Plethodd Arddun ei breichiau'n awdurdodol.

'Arddun!' ebychodd Llwyd, gan wgu ar ei ffrind. Ond roedd Arddun Gwen yn benderfynol o gael dweud ei dweud.

'Gadwch lonydd i ni,' meddai, gan anwybyddu Llwyd, 'neu mi fydd yn rhaid i ni eich riportio chi i bennaeth y lle 'ma, Jeri Oswyn Cwellyn!'

Oedd HWN wir yn disgwyl iddyn nhw ei gredu? Oedd o'n meddwl eu bod nhw'n ddigon gwirion i lyncu ei stori ei fod o wedi'i anfon gan y Brenin Arthur, o bawb, i ddod o hyd iddyn nhw ac i'w rhybuddio eu bod mewn perygl mawr?! Am lol botas maip!

'Roedd hi'n bwysig bod neb yn gwybod pwy o'n i. Dyna pam ges i swydd yn y dre a dod i weithio yma fel consuriwr ar benwythnosau, er mwyn gallu cadw llygad arnoch chi,' mynnodd Myrddin gan ddal i edrych o'i gwmpas yn nerfus. 'Dwi wedi bod yn chwilio amdanoch chi ers amser hir. Felly, pan welais i chi'n gwylio fy sioe y diwrnod o'r blaen, roedd yn sioc enfawr. Mae gen i neges bwysig i chi. Mae perygl o'n cwmpas ym mhob man!'

Hyd yma, roedd Llwyd wedi bod yn dawel iawn. Roedd rhywbeth am Myrddin oedd yn ei swyno. Roedd ei lygaid duon fel dau glap o lo, yn ei ddenu a'i hypnoteiddio. Gallai Llwyd deimlo'i ben yn dechrau troi wrth iddo wrando ar y llais melfedaidd. Fel Arddun, roedd yn anodd ganddo gredu bod y dyn yma'n dweud y gwir. Ond roedd cymaint o'r hyn roedd yn ei ddweud yn swnio mor gyfarwydd. Pam? A sut? Doedd gan Llwyd ddim syniad.

Er gwaethaf anfodlonrwydd Arddun, daeth Myrddin i eistedd wrth fwrdd y ddau yn y caffi a syllu i fyw eu llygaid. Yna, daeth y geiriau rhyfeddaf o'i geg . . .

'Llwyd Cadwaladr ac Arddun Gwen, rydach chi'n blant arbennig iawn,' meddai Myrddin, gan siarad yn ofalus a phwyllog. '*Chi* yw'r rhai sydd wedi eich dewis yn ofalus o blith holl bobl Cymru i achub dyfodol Cymru, y Meidrolfyd a'r Hudfyd.'

'Yr Hudfyd?' holodd Llwyd.

'Byd hudolus sy'n bodoli ochr yn ochr â'ch byd chi heb yn wybod i neb. Mae'n fyd llawn hud a harmoni, gyda chymeriadau chwedlonol yn byw yno.'

Aeth Myrddin yn ei flaen i egluro bod drygioni wedi dychwelyd i'r tir, sef Gedon Ddu – y grym tywyllaf a chreulonaf a welwyd erioed – ac roedd ei fryd ar greu ArmaGEDON.

'Bwriad Gedon Ddu yw creu teyrnas lle bydd pawb a phopeth o dan ei reolaeth ef. Mae am droi Cymru, y Meidrolfyd a'r Hudfyd, yn barc antur anferth o'r enw Gedonia,' meddai Myrddin.

'Parc antur anferth? Ond be sy'n bod efo hynny?' gofynnodd Llwyd, gan grychu ei dalcen mewn penbleth. 'Bydd pob plentyn yn meddwl bod hynny'n newyddion gwych.'

'A dyna yw ei fwriad,' eglurodd Myrddin, a'i lygaid yn fflachio'n ffyrnig, 'sef twyllo pawb fod hyn yn syniad da er mwyn denu pawb i'w drap. Denu pawb i mewn i furiau Gedonia, ac yna'u carcharu yno fel na fydd neb yn gallu dianc o'r lle FYTH. Bydd pawb yn camu ar reid waethaf eu bywydau ac yn dod yn weision i Gedon Ddu. Bydd y byd i gyd yn cael ei droi yn barc antur hunllefus o dan reolaeth creadur erchyll.'

'Www, dramatig iawn,' sibrydodd Arddun yn sbeitlyd o dan ei gwynt. Ond roedd cysgod ofn yn dechrau cymylu ei llygaid.

Gwenodd Myrddin yn amyneddgar arni. 'Er nad ydach chi'n cofio hyn, gan i'r atgof gael ei ddileu o'ch cof yn fwriadol,' eglurodd Myrddin, 'rydach chi wedi llwyddo i drechu Gedon Ddu a'i weision ac achub dyfodol Cymru a'r Hudfyd unwaith yn barod. Bron flwyddyn yn ôl buoch chi ar siwrne gyffrous i gwrdd â'r Brenin Arthur, er mwyn iddo allu dweud wrthych chi ble i ddod o hyd i'r Allwedd Aur.'

'Siwrne?' holodd Llwyd. Roedd hyn wedi deffro rhywbeth yn ei gof.

'Ia, siwrne i ddod o hyd i'r allwedd i galon Cymru, sy'n sicrhau heddwch yn y byd,' atebodd Myrddin. 'Fe lwyddoch chi yn eich tasg a dychwelyd yr allwedd i'w chuddfan o dan y Senedd. Ac yno mae'r allwedd wedi bod tan yn ddiweddar pan gafodd ei dwyn. Mae hyn yn arwydd pendant fod Gedon Ddu wedi dychwelyd. Diflanodd i'r cysgodion wedi i chi'ch dau lwyddo i roi stop ar ei gynlluniau tywyll, ond addawodd y byddai'n dychwelyd ac y byddai'n dial arnoch chi.'

'Dial?' meddai Arddun, gyda thinc o bryder yn ei llais. Roedd hi'n dechrau cymryd diddordeb yng ngeiriau Myrddin.

'Mae'n rhaid i chi fod yn ddewr,' meddai. 'Mae pawb yn dibynnu arnoch chi i ddiogelu dyfodol Cymru, y byd a'r Hudfyd rhag grym drygioni.'

Erbyn i Myrddin orffen siarad roedd Llwyd yn llawn cyffro ac Arddun Gwen yn groen gŵydd drosti i gyd. Roedd popeth a ddywedodd yn swnio mor hurt ond eto mor gyfarwydd. Ond sut?

11

Neges y Brenin Arthur

Gwyddai Llwyd ac Arddun yr ateb yn syth. Heb yn wybod i'w gilydd, bu'r ddau'n breuddwydio am y pethau hyn ers misoedd lawer. Edrychodd Llwyd ac Arddun ar ei gilydd a'r un cwestiwn yn rasio drwy eu meddyliau. Tybed oedd hi'n bosib fod Myrddin y Mwydryn yn dweud y gwir? Ai'r dyn bach penfoel yma oedd dewin chwedlonol y Brenin Arthur mewn gwirionedd?

Synhwyrodd Myrddin fod y ddau blentyn yn llai amheus ohono erbyn hyn.

'Dowch yn nes,' meddai, gan amneidio arnyn nhw i gau eu cylch cyfrin o gwmpas y bwrdd fel na allai neb weld yr hyn a oedd ar fin digwydd nesaf. Tyrchodd yn ddwfn i boced fewnol ei siaced a thynnu allan sgrôl felynfrown wedi'i chlymu â rhuban coch.

'Gwrandwch yn ofalus,' sibrydodd. 'Dyma neges y Brenin Arthur i chi.'

Pwysleisiodd Myrddin bob gair yn ofalus, a'i lygaid duon yn pefrio.

Darllenodd y geiriau ar y sgrôl:

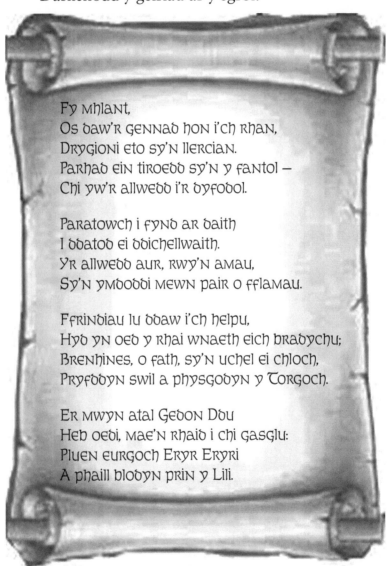

Fy mhlant,
Os daw'r gennad hon i'ch rhan,
Drygioni eto sy'n llercian.
Parhad ein tiroedd sy'n y fantol –
Chi yw'r allwedd i'r dyfodol.

Paratowch i fynd ar daith
I ddatod ei ddichellwaith.
Yr allwedd aur, rwy'n amau,
Sy'n ymdoddi mewn pair o fflamau.

Ffrindiau lu ddaw i'ch helpu,
Hyd yn oed y rhai wnaeth eich bradychu;
Brenhines, o fath, sy'n uchel ei chloch,
Pryfddyn swil a physgodyn y Torgoch.

Er mwyn atal Gedon Ddu
Heb oedi, mae'n rhaid i chi gasglu:
Pluen eurgoch Eryr Eryri
A phaill blodyn prin y Lili.

Â'r rhain yn ddiogel yn eich meddiant,
Eich tasg nesaf yw casglu dant
O enau gwenwynig afiach
Ganthrig Bwt, yr hen wrach!

Os dewch drwyddi yn ddianaf
Fe ddewch chi at y dasg olaf,
Dyled un o gig a gwaed sy'n anferth –
Ond a yw'n fodlon wynebu'r aberth?

Aberth, dant, pluen a phaill,
Dychwelwch nhw i ddwylo cyfaill –
Myrddin, fy ffrind, a'm dewin mwyn
Fydd yn eu troi yn hudol swyn.

Dyma'r swyn a fydd yn llethu
Gedon Ddu ac yn ei drechu.
Yr allwedd aur gaiff ei dychwelyd,
A heddwch eto ddaw i'r hollfyd.

Y Brenin Arthur

Rholiodd Myrddin y sgrôl a'i chlymu â'r rhuban. Roedd Llwyd ac Arddun yn gwbl fud, a'u hwynebau'n wyn fel y galchen. Rhywsut, roedd geiriau'r Brenin Arthur wedi llwyddo i agor rhyw flwch Pandora o atgofion am anturiaethau a gafodd y ddau ryw flwyddyn yn ôl wrth iddyn nhw chwilio am yr allwedd aur. Roedd y ddau bellach yn cofio pam eu bod wedi dod yn gymaint o ffrindiau, ac roedd yr holl freudd-wydion rhyfedd a gawson nhw'n gwneud synnwyr perffaith. Atgoffwyd y ddau mai nhw oedd y dewisedig rai a ddewiswyd yn ofalus o blith holl bobl y byd i sicrhau dyfodol Cymru, y Meidrolfyd a'r Hudfyd.

'Ond s-s-s-u-t ddown ni o-o-o hyd-d-d i'r holl g-g-gynhwysion 'ma ar gyfer y s-s-s-s-wyn?' stryffagliodd Llwyd fel petai atal-dweud arno.

'Heb sôn am ddod o hyd i'n ffordd yn ôl i'r Hudfyd?' ychwanegodd Arddun.

Gwenodd Myrddin. 'Fe ddaw llwybr eich antur yn glir. Fe wna i ac Arthur yn siŵr o hynny. Byddwch yn ofalus, a bendith fo arnoch,' meddai.

Edrychodd Llwyd ac Arddun ar ei gilydd. Roedd pob math o gwestiynau'n gwibio drwy eu meddyliau.

'A be am –'

Trodd Arddun i holi Myrddin ymhellach, ond roedd wedi diflannu.

'Grêt! Be 'dan ni i fod i 'neud rŵan?' hyffiodd.

Yna sylwodd y ddau ar olau coch yn treiddio drwy siaced Llwyd. Rhoddodd ei law yn ei boced, ac ebychodd y ddau wrth iddo ddangos beth oedd yn ei law. Yno, yn sgleinio fel ceiniog newydd sbon danlli, roedd darn o gen coch y pysgodyn hynafol, y Torgoch.

12

CYSGOD CYFARWYDD

'Mae'n rhaid bod dŵr yn rhan o gam nesaf ein taith,' awgrymodd Arddun. 'Dyna pam mae en y Torgoch yn dy boced. Cliw oedd hynny i ni fynd i chwilio am y pysgodyn er mwyn iddo'n cludo'n ôl i'r Hudfyd. Ond ble ydan ni i fod i ddechrau?'

'Be am y ffynnon – Ffynnon Cegin Arthur?' sibrydodd Llwyd rhag ofn i'w Ewythr Bedwyr ei glywed.

Roedd Arddun ac yntau yn llyfrgell Porth Afallon yn cynllwynio sut i fynd yn ôl i'r Hudfyd er mwyn dod o hyd i bopeth ar gyfer y swyn. 'Dyna sut gawson ni fynd i mewn y tro diwethaf. Ti'n cofio'r hen bwll o ddŵr seimllyd yna yng ngwaelod yr ardd? Mi wnaeth rhywun ein gwthio ni i lawr a ninnau'n glanio –'

'– yng Nghegin Arthur, lle roedd yr hen gogyddes gegog 'na –' cofiodd Arddun.

'– Heti Hylldrem,' torrodd Llwyd ar ei thraws yn gynhyrfus.

'A'r hanner dyn a'r hanner pryfyn, ych!' gwingodd Arddun. 'Er, roedd o'n glên iawn os cofia i.'

'Wdull!' Neidiodd Llwyd ar ei draed wrth i bopeth lifo'n ôl iddo. Roedd yn gwbl amlwg iddo erbyn hyn beth oedd wedi ysbrydoli'i gynllun ar gyfer y reid Ffynntastig!

'Dyna'r ateb, felly – mi fydd yn rhaid i ni fynd yn ôl drwy Ffynnon Cegin Arthur!' ychwanegodd Arddun. 'A gwneud hynny heno!'

Bu'r ddau'n brysur yn trafod hyd oriau mân y bore wrth iddyn nhw aros i Ewythr Bedwyr fynd i'w wely. Ond roedd sŵn llusgo traed yr hen ŵr yn yr atig uwch eu pennau'n dal i'w glywed yn glir. Roedd Bedwyr wedi bod yn anniddig iawn byth ers i Cai ddiflannu, ac anaml y byddai'n cysgu y dyddiau hyn. Byddai'n treulio'r dydd a'r nos yn yr atig yn mwmial a llafarganu rhyw eiriau rhyfedd iddo'i hun.

'Ty'd, mi awn ni,' cynigiodd Llwyd o'r diwedd. 'Wnaiff o ddim sylwi beth bynnag.'

Gwichiodd drws mawr pren Porth Afallon wrth iddyn nhw ei agor. Rhewodd y ddau, ond ni ddaeth unrhyw ymateb o'r atig. Rhedodd Llwyd ac Arddun i waelod yr ardd a'u gwynt yn eu dyrnau.

✦ ✦ ✦

'Reit 'ta, be nesa?' holodd Llwyd gan neidio i fyny ac i lawr i geisio cadw'n gynnes. Er bod golau hanner lleuad yn ymddangos bob hyn a hyn rhwng y cymylau, prin y gallai weld ymhellach na blaen ei drwyn. Y cyfan oedd i'w weld yn glir oedd llygaid gwyrdd Arddun Gwen yn disgleirio fel rhai cath yn y nos.

'Sut y gwn i?' brathodd Arddun. 'Defnyddia di dy ddychymyg am unwaith, wnei di, yn lle gadael y cyfan i mi!'

Rhywsut roedden nhw wedi llwyddo i ddod o hyd i'r llechen drom oedd yn gorchuddio'r pwll o ddŵr budr a seimllyd. Roedd mai dyma oedd Ffynnon Cegin Arthur. Ond doedd ganddyn nhw ddim syniad sut i ddod o hyd i'w ffordd drwy'r ffynnon i'r Hudfyd . . .

'Hisht! Be 'di'r sŵn yna?' sibrydodd Llwyd gan edrych dros ei ysgwydd.

'Pa sŵn?' holodd Arddun. Ond o'r tinc nerfus yn ei llais, roedd yn amlwg ei bod hithau hefyd wedi clywed dail y rhedyn o'i chwmpas yn siffrwd fel petai rhywun neu rywbeth yn cropian drwyddyn nhw ac yn eu gwylio.

'Y gwynt ydi o, siŵr,' atebodd, gan geisio cysuro'i hun.

Aeth ati i symud llechen y ffynnon. 'Rŵan, be
'di'r cam nesa? Neidio i mewn?' gofynnodd yn
hollol ddifrifol.

Sbeciodd yr hanner lleuad o'r tu ôl i gwmwl
gan ddatgelu'r olwg hurt ar wyneb Llwyd.
Roedd yn amlwg yn meddwl bod ei ffrind wedi
colli arni'i hun yn llwyr! A dweud y gwir, roedd
yn dechrau amau mai breuddwyd arall oedd hyn
i gyd ac y byddai'n deffro unrhyw funud yn ôl
yn ei wely clyd a chynnes.

Yna, gwelodd rywbeth a wnaeth iddo neidio
allan o'i groen – cysgod bach trwsgl yn rhuthro
ar draws yr ardd. Cysgod tua thair troedfedd a
hanner o daldra, yn gwisgo het bigfain a phluen
ynddi, a blaenau ei esgidiau'n cyrlio i fyny tuag
at ei drwyn main . . .

'Aaaaa!' Ceisiodd Arddun beidio â sgrechian.
Roedd hithau wedi gweld yr un peth, ac wedi
adnabod y siâp yn syth.

'Rhitw Bitw!' ebychodd y ddau fel aelodau o
barti llefaru.

13

Yr Aduniad

'Hei, ty'd yma'r bradwr bach!' gwaeddodd Arddun nerth esgyrn ei phen wrth i'r cysgod blymio i ganol y gwrych.

'Taw!' meddai Llwyd wrthi gan bwyntio at y tŷ. Doedd o ddim am i'w Ewythr Bedwyr eu clywed a dod i lawr i fusnesa.

'Rydan ni wedi dy weld di, Rhitw,' sibrydodd yn dyner. 'Ty'd allan.'

Aeth ychydig o funudau heibio cyn i'r corrach boliog ddangos ei hun. Cerddodd yn araf tuag atyn nhw, ei ddwylo yn yr awyr fel petaen nhw am ei saethu!

'Plîîîîîîîs, peidiwch â'i f-f-frifo FO,' gwichiodd mewn llais bach. 'Mae O wedi dod yma i'ch helpu chi.'

'Helpu? Hy!' wfftiodd Arddun. 'Wyt ti'n cofio be ddigwyddodd y tro diwetha wnest ti ein helpu ni? Os cofia i'n iawn, mi wnest ti ein twyllo a'n harwain ni reit i ffau'r llewod ac i grafangau Jac Offa a Gedon Ddu!'

Crymodd y corrach ei ben mewn cywilydd. 'Mae O wir yn sori am yr hyn wnaeth O,' plediodd yn euog. 'Ond mi gafodd O ei dwyllo hefyd. Roedd Gedon Ddu a Jac Offa wedi addo gwireddu'i ddymuniad i gael ei droi'n gawr fel y gallai fod yn debyg i'w hen-hen-hen-hen ewythr Rhita Gawr.

'Y cyfan oedd yn rhaid iddo FO ei wneud oedd eu harwain nhw drwy'r twneli tanddaearol at Gedon Ddu, ac yna byddai'n derbyn ei wobr. Ond wnaethon nhw ddim cadw at eu gair. Roedden nhw wedi'i dwyllo FO hefyd,' meddai'n drist.

'O didyms bach,' meddai Arddun yn wawdlyd, cyn gwthio'i hwyneb yn fygythiol tuag at un y corrach. 'Ti'n gwybod sut deimlad ydi cael dy dwyllo, felly! Roedd Gedon Ddu a Jac Offa ar fin chwalu'n meddyliau ni a dinistrio Cymru a'r byd. Pwy a ŵyr be fyddai wedi digwydd oni bai –'

'Oni bai i Rhitw ein helpu ni i ddianc,' torrodd Llwyd ar ei thraws. Gallai synhwyro ffrae yn ffrwtian rhwng Arddun a Rhitw Bitw, a cheisiodd dawelu'r dyfroedd.

'Rhitw ddywedodd wrthon ni am neidio i'r

beipen ddŵr, wyt ti'n cofio, Arddun? Ac yna daeth y Torgoch i'n helpu ni a'n cario'n ôl i'n byd ni. Oni bai am Rhitw, efallai y byddai cynllun Gedon Ddu a Jac Offa wedi llwyddo,' meddai'n rhesymegol.

Er y gallai Llwyd ddeall pam fod Arddun mor ddig, yn enwedig wedi'r hyn roedd Rhitw wedi'i wneud, teimlai Llwyd drueni dros y corrach bach oedd yn mynnu cyfeirio ato'i hun yn y trydydd person, fel FO. Roedd ei faint pitw wedi bod yn gymaint o siom iddo gan mai ei freuddwyd oedd dilyn ôl troed ei berthynas, Rhita Gawr. Felly, i raddau, gallai ddeall ei gymhelliad dros wneud yr hyn wnaeth. Ond pam ei fod wedi dod yn ôl i'r Meidrolfyd i chwilio amdanyn nhw? A sut y gallai corrach bach pitw eu helpu nhw?

'Pam wyt ti yma, Rhitw?' gofynnodd Llwyd yn garedig.

'Mae O wedi dod yma i'ch helpu chi i fynd yn ôl i'r Hudfyd i chwilio am gynhwysion y swyn,' atebodd Rhitw mewn llais mwy siriol. 'Mae O wedi bod yn eich dilyn chi ers sbel rŵan, ac roedd O'n clustfeinio ar eich sgwrs efo Myrddin Ddewin. Roedd O'n cuddio dan un o'r byrddau ac mi glywodd bob gair yn glir.'

'Pam ddylen ni dy gredu di y tro yma?' holodd

Arddun. Roedd hi'n dal yn ddrwgdybus iawn o'r corrach bach ac yn llai parod na Llwyd i faddau iddo.

'Wel, mae O wedi anghofio am ei freuddwyd o fod yn fawr fel Rhita Gawr erbyn hyn. Mae O eisiau bod yn gorrach da. Dyna be sy'n bwysig iddo FO rŵan,' ychwanegodd.

'Chi oedd y rhai cyntaf i'w dderbyn O am yr hyn yr oedd O. Roeddech chi'n ffeind iawn tuag ato FO, ac mae O'n teimlo cymaint o gywilydd am eich twyllo chi. Dyna pam y gwnaeth O eich helpu chi i ddianc. Ac ers hynny mae O wedi bod yn byw fel llygoden fawr yn y twneli tanddaearol yn yr Hudfyd yn aros am ei gyfle i ddod o hyd i chi er mwyn gwneud yn iawn am y brad. A dyma FO, at eich gwasanaeth!'

Moesymgrymodd Rhitw Bitw o'u blaenau.

'Pa ddewis arall sy ganddon ni?' sibrydodd Llwyd yng nghlust Arddun.

Edrychodd Arddun i lawr ei thrwyn ar Rhitw a chroesi'i breichiau'n ddig. 'Dydw i ddim yn ei drystio fo. Mae 'na ryw olwg slei yn ei lygaid o.'

'Oes gen ti syniad gwell sut i ddod o hyd i'r ffordd yn ôl i'r Hudfyd, 'ta?'

'Nac oes, ond –'

'Be am roi cyfle iddo fo?'

'Dy ddewis di. Jest paid â meio i os bydd petha'n mynd o chwith, iawn!'

Trodd Llwyd yn ôl at y corrach. 'Be 'di'r cam nesa, Rhitw?' gofynnodd.

'Dewch draw i Barc Antur Gedonia ben bore fory. Bydd O yn aros amdanoch chi yn y llwyn rhododendron ger y brif fynedfa.'

Yna diflannodd yn ôl i ganol y tyfiant trwchus.

'Ty'd, awn ni'n ôl i'r tŷ, dwi jest â rhewi,' meddai Llwyd a'i ddannedd yn clecian.

Ond roedd Arddun wedi cerdded yn ôl at y ffynnon ac wrthi'n trio gosod y llechen drom yn ôl dros y dŵr tywyll. Aeth Llwyd i'w helpu.

'Arhosa funud,' mynnodd Arddun fel petai wedi cofio rhywbeth. Tynnodd botel blastig wag o'i phoced a'i rhoi yn y dŵr.

'Be wyt ti'n wneud?' holodd Llwyd.

'Y dŵr hud yma achubodd dy fywyd di y tro diwetha roedden ni yn yr Hudfyd, ti'n cofio? Pwy a ŵyr, efallai y byddwn ni'n falch ohono fo eto os ydan ni ar fin mynd ar daith gwbl boncyrs arall!'

Sleifiodd yr hanner lleuad o'i chuddfan y tu ôl i gwmwl eto a'i goleuni'n adlewyrchu yn llygaid gwyrdd Arddun. Daliodd y lleuad olau'r garreg o amgylch gwddf Llwyd hefyd, gan wneud iddi ddisgleirio'n annaturiol o las.

14

Taith ar y 'Cwrwgl Cŵl'

Teimlai Llwyd yn rêl ffŵl yn cynnal sgwrs gyda llwyn rhododendron! Edrychai pobl yn rhyfedd arno wrth ei basio ar eu ffordd at brif fynedfa Parc Antur Gedonia. Gwenai Arddun arnyn nhw gan geisio edrych yn hollol ddi-hid.

'Psssst, Rhitw! Ble wyt ti?' sibrydodd Llwyd. 'Ty'd yn dy flaen, mae pobl yn sbio'n wirion arnon ni!'

'Mae O fan hyn,' atebodd llais gwichlyd o ganol y blodau. 'Ewch i mewn i'r parc ac anelu am reid y "Cwrwgl Cŵl". Bydd O yn cuddio yno yn y brwyn yn aros amdanoch chi.'

Cafodd Llwyd ac Arddun fynd i mewn am ddim i'r parc fel rhan o'r wobr am ennill y gystadleuaeth. Er ei bod hi mor fore roedd y parc yn brysur iawn a phlant bach yn tynnu'u rhieni i bob cyfeiriad er mwyn cael profi gwefr y gwahanol reidiau. Cerddodd y ddau i lawr y grisiau pren troellog at reid y 'Cwrwgl Cŵl'.

Gallai'r ddau glywed sŵn gwahanol anifeiliaid y jyngl yn eu clustiau o'r cyrn sain oedd wedi'u cuddio yn y coed. Ychydig gamau cyn cyrraedd y jeti pren, stopiodd Llwyd wrth ymyl clwstwr o frwyn trofannol.

'Wyt ti yna, Rhitw?' sibrydodd.

'Ydi, mae O yma,' atebodd Rhitw. 'Gwrandwch yn ofalus. Mae angen i chi fynd ar y reid a rhwyfo i lawr yr afon. Rhywsut neu'i gilydd, rhaid i chi ddod o hyd i ffordd i fynd ag O gyda chi ar y cwrwgl.'

'Mae gen i syniad,' meddai Arddun gan dynnu ei hwdi dros ei phen. Tynnodd sbectol haul allan o'i bag, a sgarff denau goch hefyd. Stwffiodd nhw i mewn i'r brwyn.

'Gwisga'r rhain!' meddai.

Wedi ychydig funudau camodd Rhitw allan o'r brwyn. Stwffiodd Llwyd ei ddwrn i'w geg i rwystro'i hun rhag chwerthin.

'Wel, o leia fydd neb yn gallu dweud mai corrach ydi o!' meddai Arddun yn frwd.

'Mae'n edrych fel ET!' piffiodd Llwyd, gan gyfeirio at y creadur rhyfedd hwnnw o'r ffilm enwog.

Ac roedd yn rhaid i Arddun gytuno bod y

corrach bach – ei wyneb o'r golwg dan yr hwdi, y sbectol haul yn boddi ei wyneb, a'r sgarff goch wedi'i lapio fel neidr o amgylch ei wddf – yn olygfa ddoniol iawn.

Pan gyrhaeddodd y tri y jeti, stopiodd y dyn nhw rhag camu ymhellach.

'Faint ydi oed dy frawd bach di, boi?' pwyntiodd y dyn yn amheus at Rhitw.

'Ym, ym, pump oed!' atebodd Llwyd.

Bu'n rhaid i Llwyd basio'r prawf taldra er mwyn gallu mynd â'i 'frawd bach' ar y cwrwgl. Ochneidiodd pan roddodd y dyn ganiatâd iddyn nhw fynd ar y reid.

Camodd Llwyd a Rhitw yn sigledig i mewn i un cwrwgl, ac aeth Arddun i mewn i un arall y tu ôl iddyn nhw. Dechreuodd y tri badlo i lawr yr afon ffug-Amasonaidd gan osgoi taro yn erbyn y llyffantod a'r pennau crocodiliaid plastig oedd yn codi o'r dŵr brown. Nofiai pysgod trofannol anferth yn hamddenol o dan y cyryglau. Roedd Llwyd ac Arddun wedi dechrau mwynhau'r profiad, ac yn cytuno bod reid y cwrwgl yn cŵl iawn!

Erbyn hyn roedd Rhitw wedi tynnu rhai o'i ddillad ac yn dowcio'i ben o dan y dŵr.

'Rhitw, be wyt ti'n wneud?' gwaeddodd Llwyd wrth geisio rheoli'r cwrwgl oedd yn siglo'n ôl a mlaen.

'Mae O yn galw am help,' atebodd y corrach. 'Does dim ond un ffordd o fynd yn ôl i'r Hudfyd, sef ar gefn pysgodyn anferth.'

'Y Torgoch!' ebychodd Llwyd ac Arddun gyda'i gilydd.

'Aaaaaaa! Be ar wyneb daear ydi HWNNA!' sgrechiodd llais cyfarwydd.

Holltodd Anaconda ei ffordd fel Indiana Jones drwy'r brwyn yn ei chwrwgl, gan bwyntio rhwyf yn wyllt at Rhitw Bitw. Roedd hi wedi'u dilyn nhw drwy'r parc!

'O na! Be wnawn ni rŵan?' Edrychodd Llwyd mewn panig ar Arddun.

Ond ni chymerodd Arddun unrhyw sylw ohono, nac o Anaconda chwaith. Roedd ei llygaid wedi'u hoelio ar drobwll anferth oedd wedi ymddangos o unlle o'u blaenau, a hwnnw'n sugno'u cyryglau tuag ato fel hwfer anferth.

'Waaaaaa!' sgrechiodd Arddun wrth iddi gael ei thaflu o'i chwrwgl. Cyn pen dim roedd Llwyd, Rhitw ac Anaconda hefyd yn y dŵr ac yn cael eu llyncu gan y trobwll, fel dŵr yn diflannu i lawr plwg.

Roedd pawb yn meddwl y bydden nhw'n siŵr o foddi, yn enwedig wrth i liw'r dŵr newid yn goch fel gwaed. Ond yn sydyn, ymddangosodd amlinell anferth corff y pysgodyn hynafol o Oes yr Iâ. Roedd ei fol yn goch tanbaid a'i gennau'n sgleinio fel ceiniogau newydd sbon.

Cariodd y Torgoch nhw ar ei gefn yr holl ffordd i'r Hudfyd.

15

Ar Goll

– *Cerddoriaeth agoriadol Newyddion TGD* –

Stiwdio TGD
Nia Haf:

Rydych yn gwylio Sianel TGD. Mae'n wyth o'r gloch. Mae'r heddlu a phobl leol yn chwilio am dri pherson ifanc ac un plentyn bach sydd wedi diflannu ers ben bore heddiw. Cawsan nhw eu gweld ddiwethaf ar reid ym Mharc Antur Gedonia.

– *Dangosir lluniau o Llwyd, Arddun ac Ana Prydderch* –

Mae'r plant wedi eu henwi fel Llwyd Cadwaladr, Arddun Gwen ac Ana Prydderch. Does neb yn gwybod beth yw enw'r plentyn bach, y credir ei fod tua phump oed. Mae eu diflaniad ers dros ddeuddeg awr yn destun pryder mawr i'w rhieni a'u teuluoedd.

– *Torri i gyfweliad gyda Mr Prydderch y prifathro* –

Mr Prydderch:

Fe adawodd Ana y tŷ am wyth o'r gloch y bore 'ma i fynd i'r Parc Antur. Roedd hi'n ddigon ffodus i ennill gwobr am gynllunio reid i'r parc yn ddiweddar, ac roedd hi'n awyddus i wneud mwy o waith ymchwil. Mae Glenys, ei mam, a minnau yn poeni'n fawr amdani. Dydi hi ddim fel Ana i beidio ag ateb ei sgrin sgwrsio, ac rydyn ni'n poeni bod rhywun wedi'i chipio. Fel eu prifathro, rydw i'n poeni hefyd am ddiogelwch Llwyd Cadwaladr ac Arddun Gwen, sy'n ddisgyblion yn yr ysgol. Rydw i'n apelio ar unrhyw un sydd ag unrhyw wybodaeth am eu diflaniad i gysylltu'n syth bìn â'r heddlu.

✦ ✦ ✦

Diffoddodd Jeri Oswyn Cwellyn sgrin y teledu ar fwletin Sianel TGD.

Chwaraeodd luniau camerâu diogelwch Parc Antur Gedonia yn ôl eto gan grechwenu wrth weld Llwyd ac Arddun yn mynd i drafferth wrth gael eu sugno i lawr y trobwll oedd wedi'i greu'n fwriadol.

'Roedd y cynllun yn llwyddiant, o Feistr,' gwenodd. 'Ro'n i'n gwybod y byddai ennill y gystadleuaeth a rhoi tocyn mynediad am ddim am flwyddyn yn eu denu nhw i'r parc yn gyson. Y cyfan oedd raid i mi wneud wedyn oedd cynllunio damwain drasig ar eu cyfer nhw, a meddwl am ffordd o wneud iddyn nhw ddiflannu oddi ar wyneb y ddaear.

'Gyda thipyn o lwc, mi fydd y ddau blentyn a'r corrach bach busneslyd 'na wedi boddi yn y trobwll erbyn hyn, a chlywn ni ddim gair ganddyn nhw FYTH eto! Ha, ha, ha!'

'Da yw gallu dial o'r diwedd! Gwaith gwych, was ffyddlon!' atseiniodd llais Gedon Ddu. 'Bydd Cymru, y Meidrolfyd a'r Hudfyd yn un parc antur anferth ymhen dim o dro, a'r cyfan dan ein rheolaeth ni!'

'Gwir bob gair, o bŵer grymusaf a thywyllaf y bydysawd. Does dim troi'n ôl i fod. Ac mae'r allwedd aur hefyd yn agos at ddechrau toddi yn y gwres,' ychwanegodd gan amneidio at yr allwedd yn y pair o fflamau.

Llenwodd chwerthin cras Gedon Ddu yr ystafell.

Yn gymysg â'r chwerthin daeth sŵn caclan creulon hen wrach.

Sŵn erchyll i oeri'r gwaed . . .

16

Yn Ôl i'r Hudfyd

Yn araf bach, dechreuodd y criw deimlo'n well. Roedden nhw'n gorwedd ar swp o gerrig mân ar lan llyn llonydd, a'r mynyddoedd mawr yn gylch o'u cwmpas nhw. Roedd y Torgoch wedi diflannu o dan y dŵr.

'Rydan ni yma,' meddai Llwyd yn syn. 'Yn ôl yn yr Hudfyd.'

'A does dim eiliad i'w wastraffu os ydyn ni am ddod o hyd i holl gynhwysion y swyn.' Neidiodd Rhitw Bitw ar ei draed gan ysgwyd ei ben yn wyllt i drio cael gwared â'r dŵr o'i glustiau.

'Iawn! Ble'r awn ni gynta?' gofynnodd Arddun yn frwd.

Ond roedd yn amlwg o'r olwg ansicr ar wyneb Rhitw nad oedd ganddo syniad yn y byd ble i ddechrau chwilio am gynhwysion swyn Myrddin Ddewin! Cododd ei ysgwyddau ac edrych yn bathetig ar Arddun.

'Waaaa! Be yn y byd ydi hwnna?!' gwaeddodd llais cyfarwydd. 'Ych a fi! Cadwch o'n ddigon pell oddi wrtha i!'

O na, am hunllef! Roedd Anaconda wedi eu dilyn i'r Hudfyd ac wrthi'n creu hafog yn barod. Ond tynnwyd sylw Llwyd ac Arddun gan hanner dyn a hanner pryfyn yn cerdded tuag atyn nhw gan wenu'n swil.

'Wdull!'

Roedd y ddau wrth eu boddau'n gweld eu hen ffrind eto, a rhedodd Arddun ato i'w gofleidio. Safai'r pryfddyn yn dalsyth ar ddwy o'i bedair coes ar ddeg, a gwisgai arfwisg lwyd gyda chragen fel un armadilo ar ei gefn. Roedd helmed ar ei ben, gyda lle i'w deimlyddion wthio drwyddi. Edrych-odd Wdull yn ddrwgdybus ar Rhitw, a chrymodd y corrach ei ben. Cofiodd Llwyd nad oedd Wdull a Rhitw wedi cyd-dynnu y tro diwethaf iddyn nhw gwrdd, felly brysiodd i esbonio.

'Roedd Rhitw am ein helpu ni i ddod yn ôl i'r Hudfyd i chwilio am gynhwysion swyn Myrddin Ddewin,' meddai. 'Mae'n ddrwg ganddo am beth wnaeth o.'

Ond ni chymerodd Wdull unrhyw sylw o Rhitw Bitw, a chanolbwyntiodd eto ar Llwyd ac Arddun.

'Rydan ni wedi bod yn aros amdanoch chi. Fe gawsom neges gan Bedwyr eich bod ar eich ffordd. Roedd Myrddin wedi dweud wrtho fod y Brenin Arthur wedi galw arnoch chi unwaith eto i achub dyfodol Cymru. Mae Myrddin a Bedwyr yn hen ffrindiau, welwch chi, o ddyddiau llys y Brenin Arthur yn Camelot,' eglurodd Wdull.

'Mae si ar led mai cynllun Gedon Ddu yw troi Cymru, eich byd chi, a'r holl Hudfyd yn un parc antur anferth o'r enw Gedonia, gyda phawb yn weision iddo. Byddai bodolaeth yr Hudfyd yn cael ei ddatgelu i bawb, gan beryglu bywydau'r holl gymeriadau chwedlonol sy'n byw yno. Mae pawb yn yr Hudfyd yn poeni'n arw ac yn dibynnu arnoch chi, y dewisedig rai, i'n hachub ni unwaith eto.'

'No *pressure*, felly!' cellweiriodd Arddun. Mewn gwirionedd, roedd hi'n dechrau amau sut yn y byd roedd Llwyd a hithau'n mynd i gyflawni'r dasg anferth oedd yn eu hwynebu.

'Fedri di ein helpu ni i ddod o hyd i gynhwysion y swyn, Wdull?' holodd Llwyd. 'Mae angen i ni ddod o hyd i bluen eurgoch Eryr Eryri, paill blodyn Lili'r Wyddfa, dant hen wrach o'r enw Ganthrig Bwt, ac aberth un o gig a gwaed.' Crychodd ei wyneb mewn penbleth. 'Er, dydw i ddim yn siŵr beth ydi ystyr yr un olaf yna. Pwy fydd yn aberthu beth?'

'Mi fydd yn anodd dod o hyd i bopeth, ond mi fydda i'n dod ar y daith gyda chi,' meddai Wdull. 'Ac mi wn i am un all ein helpu ni i ddod o hyd i'r cynhwysion cyntaf ar y rhestr.'

Edrychodd Wdull i gyfeiriad y tomennydd llechi sgarlad at y Llwybr Igam Ogam, ac yna ar draws y llyn at y mynyddoedd.

'Brenhines yr Wyddfa!' ebychodd Llwyd ac Arddun gyda'i gilydd.

Dilynodd eu llygaid y siâp pen merch oedd wedi'i ffurfio mewn rhan o'r mynydd. Roedd hi yno ers miliynau o flynyddoedd, yn edrych dros ei theyrnas a'r holl newidiadau mawr a ddigwyddodd dros amser. Roedd hi'n gwybod busnes pawb a phopeth.

'Hei! Llipryn Llwyd, ble ydw i? Dwi isio mynd adre at Dadi!' taranodd y llais o'r tu ôl iddyn nhw.

Drapia! Yng nghanol yr holl gyffro, roedd pawb wedi anghofio'r cyfan am Anaconda.

17

Ei Mawrhydi

'Mae isio amynedd yn yr hen Hudfyd 'ma weithiau, oes wir! Yn enwedig pan 'dach chi'n sownd wrth ryw hen fynydd diflas ers miliynau o flynyddoedd. Does 'na ddim byd cyffrous yn digwydd o un diwrnod i'r llall.'

Yn ôl ei harfer, roedd Brenhines yr Wyddfa'n grwgnach wrthi'i hun am ei bywyd diflas.

'Mae hi'n booooooooring poooooooooring . . .'

Yna gwelodd griw yn sefyll ar lan y llyn – tri phlentyn, un pryfddyn a chorrach. Llamodd calon garreg y Frenhines. Cwmni o'r diwedd!

'Hei, CHI lawr yn fan'na. PWY ydach chi a BE ydach chi isio?' Atseiniodd ei llais awdurdodol i lawr y dyffryn gan greu crychau yn nŵr y llyn.

'Mae hi wedi'n gweld ni,' meddai Arddun yn gyffrous. 'Be rŵan?' holodd, gan edrych ar Wdull am arweiniad.

'Eglura wrthi pam rydach chi yma, a gofynna a all hi eich helpu chi i ddod o hyd i baill Lili'r Wyddfa a phluen Eryr Eryri,' atebodd Rhitw'n gyflym cyn i Wdull gael cyfle i'w hateb.

'Ac Arddun –' neidiodd Llwyd i'w hatgoffa, '– cofia gyfeirio ati fel "Ei Mawrhydi"!'

Y tro diwetha iddyn nhw gwrdd â Brenhines yr Wyddfa, roedd Arddun wedi anghofio gwneud hynny ac roedd wedi gwylltio 'Ei Mawrhydi' yn fawr.

'O ia, mi wna i,' atebodd Arddun cyn clirio'i gwddf. 'Hy-hym, rydan ni wedi dod yma o'r Meidrolfyd yn ôl i'r Hudfyd i ofyn am eich help, Eich Mawrhydi,' gwaeddodd Arddun ar dop ei llais gan foesymgrymu'n gwrtais. Roedd ei llais yn atseinio drwy'r dyffryn.

Craffodd y Frenhines i lawr arnyn nhw. 'O, haia dol! Ro'n i'n meddwl mod i'n eich 'nabod chi. Rydach chi'n dipyn o arwyr rŵan, tydach, fel dwi'n dallt, yn achub y byd a'r Hudfyd fel yna!'

'Diolch yn fawr, Eich Mawrhydi,' atebodd Arddun yn nerfus gan deimlo braidd yn wirion wrth siarad efo mynydd!

'Be 'dach chi isio y tro 'ma 'ta?' holodd y Frenhines yn fusneslyd. 'Mae'n amlwg eich bod chi ar ôl rhywbeth, neu fasach chi ddim 'di dŵad yn ôl yma. Tydw i'm yn stiwpid, wyddoch chi!'

'Rydan ni'n sylweddoli hynny, Eich Mawrhydi,' brysiodd Llwyd i'w hateb. 'Dyna pam rydan ni'n gofyn am eich help i drechu cynlluniau diweddaraf Gedon Ddu.'

'O pŵ pŵ Mot! Dydi HWNNW ddim yn ei ôl, ydi o?' ochneidiodd y Frenhines yn ddiflas. 'Ydi,' ochneidiodd Llwyd. 'Mae o isio troi Cymru, y Meidrolfyd a'r Hudfyd yn barc antur anferth lle bydd pawb yn weision iddo.'

'Nô wê, hô sê!' bytheiriodd y Frenhines gan greu tonnau garw ar wyneb y llyn. 'Fedran ni fyth adael iddo gael get-awê efo hynny. Be fedran ni'i 'neud i'w stopio fo?'

'Mae Myrddin, dewin y Brenin Arthur, am wneud swyn i'w drechu o ac wedi gofyn i ni ddod o hyd i'r cynhwysion,' ychwanegodd Arddun.

'Myrddin! Rargian, ydi o'n dal wrthi? Boi tawel, swil os dwi'n cofio'n iawn. Ond mae o'n dipyn o ddewin, ydi wir. Rydach chi mewn dwylo da yn fan'na. Be mae o isio, felly?'

'Paill Lili'r Wyddfa,' atebodd Llwyd fel bwled.

'Howld on! P-p-p-p-paill be?' Tagodd y Frenhines dros ei geiriau. Bron nad oedd yn gallu credu'r un glust garreg oedd ganddi.

'Blodyn Lili'r Wyddfa,' atebodd Arddun yn nerfus.

'Esgusodwch fi, ond oes gynnoch chi syniad pa mor brin ydi hwnnw?' taranodd. 'Dim ond yma ar lethrau'r Wyddfa y dowch chi o hyd i'r Lili. A ngwaith i ydi edrych ar eu holau nhw fel bod NEB yn eu dwyn. Felly sori, ond mi gewch chi a Myrddin fynd i ganu!'

Edrychodd Llwyd, Arddun ac Wdull yn fud ar ei gilydd heb wybod beth i'w wneud nesaf.

'Ha, ha, ges i chi'n fa'na, yn do! Jôc oedd hynna. Gewch chi baill un o'r Lilis 'ma â chroeso, yn enwedig gan ei fod o'n mynd at achos da. Mae 'na ddigonedd ohonyn nhw'n tyfu reit o dan fy nhrwyn i yn digwydd bod. Maen nhw'n cosi pan fydd 'na dwtsh o awel, ac yn gneud i mi disian.'

'O diolch, Eich Mawrhydi,' atebodd Arddun gan foesymgrymu eto.

'Mi chwytha i beth o'r paill draw atoch chi rŵan. Ar un amod . . .'

'Unrhyw beth, Eich Mawrhydi,' atebodd Llwyd, braidd yn fyrbwyll.

'Mae'n rhaid i chi 'neud i mi chwerthin. Tydw i ddim wedi chwerthin llond fy mol mynyddig ers oes pys slwtsh. Felly awê, ffwr' â chi!'

Roedd llygaid Llwyd ac Arddun yn llawn panig.

'Ym-ym, mae gen i jôc am jiráff, ond mae'n llawer rhy hir,' cynigiodd Llwyd.

'Twt lol! Rybish!' poerodd y Frenhines. 'Sawl jiráff weli di'n crwydro o gwmpas ardal Yr Wyddfa, washi?!'

'Pam fod gwenyn yn hymian?' meddai Arddun.

'Am nad ydyn nhw'n gwybod y geiriau,' ochneidiodd Brenhines yr Wyddfa'n ddiflas. 'Mae'r jôc yna'n hen fel pechod! Triwch eto wir.'

'Pam aeth y dinosor at y doctor 'ta?' meddai Arddun, gan roi cynnig arall arni.

'Www, dwn i ddim,' atebodd y Frenhines.

'Am fod ei dîn-on-sôr,' meddai Arddun gan wrido.

'Wel am bowld! Cofia di efo PWY rwyt ti'n siarad, mechan i,' dwrdiodd y Frenhines hi.

Erbyn hyn, roedd y criw'n dechrau anobeithio.

'Reit, dwi wedi clywed digon. Dydach chi ddim hanner call!' gwaeddodd Anaconda gan stampio'i thraed. 'Efo pwy 'dach chi'n siarad?'

'Hissht, Ana Prydderch, neu mi fyddi di'n pechu Ei Mawrhydi!' atebodd Llwyd gan wgu arni.

'Efo Brenhines yr Wyddfa,' atebodd Arddun gan bwyntio at y mynydd o'u blaenau. 'Sbia, dacw'i siâp hi ar ochr y mynydd.'

'Brenhines yr Wyddfa?! Y cyfan wela i ydi clamp o graig a rhyw lais gwirion yn dŵad o rywle. Mae'n siŵr mai chi sy wedi trefnu hynny hefyd, dim ond er mwyn codi ofn arna i. Wel, dydi o ddim yn gweithio. Rydach chi i gyd yn gwbl bathetig, ac mi fydda i'n siŵr o ddweud wrth Dadi am hyn!' gwaeddodd Anaconda nes bod ei hwyneb yn goch fel tomato.

'Wwww, a phwy ydi'r ledi fach yma sy'n gneud cymaint o sŵn?' holodd y Frenhines yn llawn chwilfrydedd.

'Ana Prydderch, merch y prifathro,' atebodd Anaconda, gan edrych o'i chwmpas yn ddrwg-dybus i weld o ble'r oedd y llais yn dod. 'PWY ydach chi, a pham na wnewch chi ddangos eich hun yn lle cuddio fel rhyw hen fabi?' heriodd Anaconda.

'Ana, taw, plîs!' rhybuddiodd Llwyd hi.

'Dangoswch eich hun y munud yma!' gwaeddodd eto. Roedd yn amlwg nad oedd Anaconda'n gallu gweld siâp y Frenhines yn y mynydd.

Aeth pobman yn dawel fel y bedd am ychydig

funudau. Roedd Llwyd ac Arddun yn hanner disgwyl i'r Wyddfa ffrwydro fel llosgfynydd, cymaint fyddai tymer y Frenhines. Ond pan ddaeth ei hymateb, cawson nhw eu synnu.

'Ha, ha, ha, wel am gês!' chwarddodd y Frenhines lond ei bol. 'Dwi erioed wedi clywed neb yn mentro siarad mor ddig'wilydd efo fi o'r blaen. Rwyt ti'n actores wych, pwy bynnag wyt ti,' bloeddiodd. 'Da iawn rŵan! Ro'n i'n dy goelio di am funud, ha, ha, ha. Doniol iawn!'

Doedd Llwyd, Arddun ac Wdull ddim yn gallu credu'u clustiau, ac edrychai Anaconda mor ddryslyd ag erioed.

'Ocê 'ta, rydach chi wedi llwyddo i 'neud i mi chwerthin. Dyma chi, felly – paill Lili'r Wyddfa,' meddai'r Frenhines gan chwythu awel gref tuag atyn nhw.

Cariodd yr awel un o'r Lilis at lan y llyn. Cododd Arddun y blodyn prin, ei lapio yn ei hances a'i roi'n saff yn ei bag.

'Diolch, Eich Mawrhydi,' gwaeddodd Llwyd.

'Hei, i Anaconda mae'r diolch mewn gwirionedd,' sibrydodd Rhitw gan chwilio amdani. '*Hi* lwyddodd i wneud i'r Frenhines chwerthin yn y diwedd.'

'Ble mae hi 'di mynd?' gofynnodd Arddun.

Ac yn wir, doedd dim sôn o Anaconda yn unman. Roedd hi wedi cael llond bol ar yr holl ddigwyddiadau rhyfedd yma ac wedi penderfynu gwneud ei ffordd ei hun yn ôl adref.

'Aiff hi ddim yn bell,' cysurodd Wdull nhw. 'Mi fyddan ni'n siŵr o ddod ar ei thraws hi rywle ar hyd y daith. Mae'n bwysicach ar y funud eich bod chi'n canolbwyntio ar gael y cynhwysyn nesaf ar gyfer y swyn, rŵan eich bod chi wedi cael paill y Lili. Pam na wnewch chi holi'r Frenhines a ydi hi'n gwybod sut gewch chi afael ar bluen Eryr Eryri?'

'O ia, diolch am ein hatgoffa ni, Wdull,' atebodd Llwyd cyn troi yn ôl at y Frenhines.

'Hy-hym, cyn i chi fynd, Eich Mawrhydi . . .' gwaeddodd Llwyd.

'Ha, ha, mynd i le, ngwash i? Rydw i'n sownd wrth yr hen fynydd 'ma. Ew, mi rydach chi'n llawn jôcs pnawn 'ma, ydach wir!'

'Rydan ni isio gofyn am un ffafr fach arall, os cawn ni,' meddai Llwyd gan fentro'i lwc.

'Iawn boi, gofynna di, yn enwedig gan eich bod chi wedi fy rhoi i mewn hwyliau da o'r diwedd,' atebodd y Frenhines.

'Fedrwch chi ddweud wrthon ni sut i ddod o hyd i Eryr Eryri er mwyn i ni allu cael gafael ar un o'i blu?' holodd Llwyd.

Lledodd cryndod drwy'r dyffryn.

'Hy! Dydi o ddim yn ffit i gael ei alw'n Eryr!' gwaeddodd y Frenhines yn flin, gan greu tonnau ar wyneb y llyn unwaith eto. 'Twrci tew efo adenydd ydi o, os gofynnwch chi i mi. Rydw i'n ddu las ar ei ôl o!'

Roedd yn amlwg i bawb nad oedd Eryr Eryri yn un o hoff greaduriaid Brenhines yr Wyddfa!

18

ERYR ERYRI

Roedd cael rhagor o wybodaeth gan Frenhines yr Wyddfa fel trio cael gwaed o garreg. Roedd hi wedi pwdu'n lân, ac arhosodd yn fud. Ond pan welodd fod y criw ar fin rhoi'r ffidil yn y to a'i gadael, newidiodd ei chân.

'Ow, olreit 'ta! Mi fedra i sbario dau funud arall i siarad efo chi,' datganodd yn hunan-bwysig.

Gwenodd Llwyd ar Arddun. 'Diolch yn fawr, Eich Mawrhydi. Rydan ni'n gwerthfawrogi hynny ac yn sylweddoli eich bod yn ddynes brysur iawn,' meddai, gan fynd ychydig bach dros ben llestri.

'Wel, ty'd yn dy flaen 'ta, hogyn, yn lle rwdlian. Does gen i ddim drwy'r dydd, sdi!' chwyrnodd. 'Be dw i isio wybod ydi pam ydach chi angen dod o hyd i'r byji boliog 'na beth bynnag?'

'Rydan ni angen pluen Eryr Eryri ar gyfer y

swyn i drechu Gedon Ddu,' eglurodd Llwyd. 'Fedrwch chi ddweud wrthon ni ble mae'r Eryr, a rhoi syniad o ba mor anodd fydd cael gafael ar un o'i blu?'

'Py!' pesychodd Brenhines yr Wyddfa yn ddirmygus. 'Tasg hawdd-pawdd ddudwn i. Mae o'n ddall fel ystlum!'

Yna ochneidiodd yn ddwfn, bron mewn cydymdeimlad.

'Ow! Mae'n biti'i weld o, cofiwch, ydi wir. Dwi'n cofio adeg pan oedd Eryr Eryri yn amddiffyn yr holl dir 'ma â'i lygaid craff. Y fo oedd brenin yr holl adar, yn gryf a dewr. Ond mae'r hen greadur wedi colli'i urddas yn ddiweddar,' ochneidiodd y Frenhines.

'Urddas? Be 'dach chi'n feddwl, Eich Mawrhydi?' gofynnodd Arddun, gan ddechrau poeni na fydden nhw byth yn gallu dod o hyd i Eryr Eryri.

'Mae gen i ofn fod yr hen Eryr yn colli'i olwg. Dwi wedi colli cownt o sawl gwaith mae o wedi plymio reit i mewn i mi'n ddiweddar wrth drio mynd 'nôl i'w nyth ar Graig yr Eryr uwch fy mhen i. Rydw i'n gleisiau byw ar ei ôl o!'

Daeth ysfa i chwerthin dros Arddun wrth iddi ddychmygu'r eryr anferth yn plymio i mewn i wyneb y Frenhines. Ond, rhywsut, llwyddodd i reoli'i hun.

Aeth Brenhines yr Wyddfa yn ei blaen â'i stori drist . . .

'Mae o wedi colli'i nerth i gyd. Wel, dydi'r creadur ddim yn byta'n iawn, nac'di. Yn aml mi fydd o'n hedfan heibio â baw gwartheg sych yn ei grafangau, ac ynta'n meddwl ei fod o wedi dal sgwarnog blasus. Bechod! Ond dyna ni, henaint ni ddaw ei hunan.'

'Ble allwn ni ddod o hyd iddo, Eich Mawrhydi?' holodd Arddun wedi saib.

'Dringwch i fyny i Graig yr Eryr ar y llethr uwch fy mhen i. Fan honno mae o'n nythu. 'Rhoswch iddo fo syrthio i gysgu ac wedyn mi fedrwch chi ddwyn un o'i blu. Dwi'n siŵr na chewch chi ddim trafferth – neith o ddim hyd yn oed sylwi'ch bod chi yno.'

Ar hynny, lledodd cysgod du anferth dros y dyffryn fel awyren yn hedfan yn isel.

'Dyciwch! Dyma fo ar y gair!' gwaeddodd y Frenhines.

Syrthiodd y criw ar eu gliniau ger glan y llyn wrth i bâr o adenydd anferth yn mesur hyd cae pêl-droed hedfan drostyn nhw.

'Sbia lle ti'n mynd, y lembo!' sgrechiodd Brenhines yr Wyddfa, wrth i'r Eryr sgimio'i thalcen o drwch pluen! Glaniodd yn glewt yn ei nyth gan beri i'r tir o dan draed y criw grynu. Taflwyd brigau a rhedyn a grug a llwch fel tornado o'u cwmpas.

Pan fentrodd pawb agor eu llygaid, roedd Brenhines yr Wyddfa wedi troi'n garreg fud unwaith eto. Disgleiriai pelydrau'r haul ar blu aur yr eryr anferth a eisteddai'n ddall yng ngorsedd ei nyth ar y graig uwch eu pennau.

19

CRAIG YR ERYR

Taflodd y machlud gysgod pinc dros yr Hudfyd gan chwyddo'r cysgodion ar hyd y moelydd unig. Dringai pedwar silwét du i fyny'r llwybr i ben Craig yr Eryr: dau blentyn, un pryfddyn ac un corrach bach oedd yn tuchan y tu ôl i'r lleill.

'Ty'd yn dy flaen, Rhitw, neu chyrhaeddwn ni fyth cyn iddi nosi,' wfftiodd Wdull.

'Chwarae teg, dim ond coesau bach byr sy ganddo FO! Mae gan rai bedair coes ar ddeg!' gwaeddodd Rhitw Bitw'n bigog gan frysio ar ôl y pryfddyn.

'Hei, chi'ch dau. Stopiwch ffraeo,' hisiodd Arddun. 'Rydan ni bron â chyrraedd y grib, ac mae 'na beryg i'r Eryr ein clywed ni. Does 'na ddim byd yn bod ar ei glyw o, cofiwch!'

A dweud y gwir, doedd Arddun heb sylweddoli pa mor agos at y nyth oedden nhw mewn gwirionedd nes iddi weld ewin un o grafangau'r eryr yn plygu fel cryman tuag ati. Llyncodd ei phoer yn araf. Chwifiodd ei dwylo ar y gweddill i ddangos ei bod am iddyn nhw stopio dringo ac aros yn eu hunfan heb wneud smic. Mentrodd godi'i phen a sbecian dros ymyl y nyth ar yr aderyn ysglyfaethus anferth. A difarodd wneud hynny! Cafodd y fath sioc o weld maint yr eryr fel y bu bron iddi â cholli'i chydbwysedd a bownsio'n bendramwnwgl i lawr y graig. Wir i chi, roedd Eryr Eryri bron cymaint â thŷ! Roedd ei dair crafanc ar bob coes yn debyg i un o'r peiriannau hynny sy'n cael eu defnyddio mewn mynwent geir – y rhai sy'n codi'r ceir i'r domen sgrap i'w gwasgu'n fflat. Gallai ddychmygu Eryr Eryri'n codi car yn rhwydd!

Edmygodd Arddun ei adenydd cyhyrog. Synnodd at liwiau bendigedig y plu brown ac euraid golau a orchuddiai ei ben, ei wddf a'i ysgwyddau. Aeth ias drwyddi wrth sylwi ar fachyn miniog ei big. Sylweddolai na fyddai Eryr Eryri fawr o dro yn rhwygo'u cnawd yn ddarnau mân petai'n gwybod eu bod nhw'n cuddio dim ond ychydig fetrau oddi tano, meddyliodd.

Ond roedd Arddun yn eitha hyderus na fyddai'r Eryr yn sylwi eu bod nhw yno, dim ond iddyn nhw gadw'n dawel. Roedd Brenhines yr Wyddfa yn llygad ei lle pan ddywedodd fod Eryr

Eryri druan yn ddall. Sylwodd Arddun ar ei lygaid brown fel marblis wedi'u gorchuddio â rhyw fath o niwl llwydlas. Roedd yn amlwg nad oedd yr Eryr druan yn gallu gweld dim pellach na'i big.

SGREEEEEEEEEEEEEEEEEEEEEEEEEECH!

Torrodd sgrech Eryr Eryri ar draws y tawelwch.

SGREEEEEEEEEEEEEEEEEEEEEEEEEECH!

Cwpanodd pawb eu clustiau a phwyntiodd Arddun at y llethr o dan y nyth gan amneidio ar bawb i fynd i guddio yno. Stwffiodd Llwyd, Wdull a Rhitw eu hunain i hollt yn y graig, a dilynodd Arddun nhw.

'Mae o wedi clywed rhywbeth,' sibrydodd Wdull.

'O na! Dydi O ddim isio bod yn fwyd i eryr!' Dechreuodd Rhitw igian crio.

'Dwi'n meddwl ein bod ni'n saff,' mwmialodd Llwyd yn dawel gan bwyntio at y llethr yr ochr draw i'r llyn. 'Ond mae 'na rywun arall mewn perygl MAWR. Sbiwch . . .'

Craffodd pawb i'r pellter. Yno, yn dringo i fyny'r domen lechi ar ochr y chwarel roedd ffigur cyfarwydd iawn. Ac roedd hi'n bytheirio ar dop ei llais.

'Anaconda!' gwichiodd Arddun. 'Dyna ble'r aeth hi. Cau dy hen geg fawr, Anaconda, neu mi fydd yr Eryr yn dy glywed di,' gweddïodd.

Er nad oedd Anaconda'n un o'i hoff bobl yn y byd, yn enwedig gan iddi eu dilyn i'r Hudfyd a gwneud niwsans llwyr ohoni'i hun, doedd Arddun ddim am ei gweld hi'n cael ei bwyta'n fyw gan eryr anferth chwaith! Sut yn y byd fydden nhw'n egluro hynny i'w thad, Mr Prydderch y prifathro?

Ond roedd hi'n rhy hwyr. Roedd llais Anaconda wedi cario ar draws y llyn a chyrraedd clustiau main Eryr Eryri.

'Ddangosa i iddyn nhw! Nhw â'u ffrindiau ffrîci! Unwaith fydda i wedi ffeindio fy ffordd allan o'r lle boncyrs 'ma, mi wna i'n siŵr fod Llipryn Llwyd ac Arddun Gwen yn cael eu diarddel o'r ysgol am BYTH. Awwwwww!'

Llithrodd Anaconda ar ei phen-ôl i lawr y domen lechi a glanio mewn twmpath grug piws, pigog.

Clywodd y criw oedd yn cuddio yn y graig o dan y nyth yr eryr yn ysgwyd ei adenydd yn barod i hedfan. Dechreuodd Eryr Eryri gylchu yn yr awyr uwchben y fan lle roedd Anaconda'n cuddio.

'Mae'n siŵr ei fod o'n gobeithio cael neidr fawr flasus i swper,' sibrydodd Rhitw Bitw. Gwgodd pawb arno. Doedd hyn ddim yn ddoniol. Roedd Anaconda ar fin cael ei bwyta'n fyw!

SGREEEEEEEEEEEEEEEEEEEEEEEEEEECH!

Gyda sgrech annaearol, plymiodd Eryr Eryri i gyfeiriad y domen lechi.

'Waaaaaaaaaaaaaaaaaaaaaaaaa!'

Atseiniodd gwaedd Anaconda wrth iddi sgramblo o ganol y grug a dechrau dringo am ei bywyd i fyny'r domen lechi. Disgynnodd yr eryr i ganol y llwyni lle tybiai roedd ei brae'n gorwedd. Yna, esgynnodd yn ôl i'r awyr gyda dim ond ambell flodyn a phridd a gwreiddiau yn ei geg. Ffiw! Roedd Anaconda wedi llwyddo i ddianc!

Dychwelodd Eryr Eryri i'w nyth â golwg ddigalon iawn yn ei lygaid tywyll.

✦ ✦ ✦

Erbyn hyn, roedd hi wedi nosi ac edrychai'r Hudfyd eang yn hudolus iawn o dan ganopi'r sêr. Y cynllun oedd ceisio dwyn un o blu Eryr Eryri o'r nyth unwaith roedd o wedi syrthio i gysgu. Ond ar ôl yr holl gyffro, roedd y criw wedi blino cymaint fel bod pawb yn cysgu'n sownd cyn pen dim.

Ymhen rhai oriau, deffrodd Llwyd gyda naid. Cleciodd ei esgyrn wrth iddo symud. Doedd dim lle i symud yng nghanol yr holl bobl oedd wedi'u stwffio i mewn i'r hollt gul yn y graig. Ond sylwodd Llwyd yn syth fod un person ar goll. Arddun Gwen. Ble yn y byd oedd hi?

Tybiodd Llwyd iddo glywed llais Arddun yn siarad yn ysgafn uwch ei ben, a chlustfeiniodd yn ofalus.

'Dyna ti, Eryr Eryri, mi fyddi di'n ocê rŵan.' Llais Arddun oedd yn siarad.

Rhywsut, llwyddodd Llwyd i ddringo dros Wdull a Rhitw Bitw heb eu deffro. Sbeciodd dros ymyl y llethr. Prin y gallai gredu ei lygaid. Safai Arddun Gwen yng nghanol y nyth, gan siarad yn addfwyn â'r aderyn anferth. Gwyrodd y creadur ei ben a gadael iddi ei fwytho. Yn ofalus, tynnodd Arddun un o'r plu euraid o'i gorun a'i ddodi'n ofalus yn ei bag.

20

CHWERTHIN I OERI'R GWAED

Pan ddeffrodd Llwyd am yr ail dro, roedd y wawr wedi torri, ac Arddun Gwen yn barod i gychwyn ar ran nesaf eu taith.

'Psssst! Deffrwch! Mae'n amser mynd,' meddai gan bwnio Rhitw Bitw yn ei ysgwydd.

'Ond . . . ond . . . be am y b-b-b . . .' mwmiodd y corrach rhwng cwsg ac effro.

'Be, y bluen? Hei, gyfeillion annwyl. Dyma hi. Pluen Eryr Eryri,' atebodd Arddun gan chwifio'r bluen o dan eu trwynau'n falch.

'Ond sut . . ?' holodd Rhitw.

'Dowch rŵan, does dim amser i holi cwestiynau gwirion. Mae'n rhaid i ni fynd i chwilio am weddill cynhwysion y swyn,' mynnodd Arddun.

'Ydi hi'n saff i ni fentro allan?' gofynnodd Wdull.

'Hollol saff!' gwenodd Arddun. 'Mae Eryr

Eryri'n rhy brysur yn mwynhau ei frecwast i gymryd unrhyw sylw ohonon ni!'

Sleifiodd y criw allan o'u cuddfan gan edrych yn ddrwgdybus i gyfeiriad y nyth. Ond y cyfan oedd i'w glywed oedd sŵn cnawd yn cael ei rwygo a'i lyncu. Cododd Llwyd ei ben yn ddigon uchel i allu gweld beth oedd y tu mewn i'r nyth. Gwelai Eryr Eryri yn gwledda ar gorff marw clamp o garw. Wrth weld top ei ben, stopiodd yr eryr fwyta ac edrychodd i fyw llygaid Llwyd.

Roedd y niwl yn ei lygaid wedi diflannu.

Disgleirient yn wyrdd fel dau emrallt.

Roedd Eryr Eryri yn gallu gweld unwaith eto.

Rhywsut, gwyddai Llwyd fod cysylltiad rhwng hyn ac Arddun Gwen, a'r hyn a welodd neithiwr. Winciodd Arddun yn slei arno.

✦ ✦ ✦

Wedi dilyn eu trwynau am oriau lawer, roedd yn amlwg nad oedd gan y criw glem i ble roedden nhw'n mynd. Eu tasg nesaf oedd dod o hyd i ddant hen wrach o'r enw Ganthrig Bwt, ond doedd gan neb unrhyw syniad ble roedd hi'n byw. Roedden nhw wedi crwydro i dir folcanig yr olwg. Edrychai Llwyd dros ei ysgwydd yn aml. Roedd ganddo deimlad rhyfedd fod rhywun yn eu dilyn, er nad oedd hynny'n bosib, meddyliodd. Byddai'n anodd iawn i unrhyw un guddio'i hun yn y fath le agored.

'Pwy ydi'r Ganthrig Bwt yma?' holodd Arddun yn sydyn.

Roedd y criw wedi stopio i orffwys gan eu bod wedi croesi i dir corsiog a choediog erbyn hyn, ac roedd Arddun Gwen wedi dechrau baglu dros ei thraed.

Edrychodd Wdull a Rhitw ar ei gilydd. Doedd dim modd cuddio'r arswyd yn eu llygaid.

'Hen wrach sarrug ydi Ganthrig,' meddai Wdig yn dawel. 'Mae ei henw'n unig yn gyrru iasau i lawr asgwrn cefn trigolion yr Hudfyd.'

'Mae'n bwyta cnawd dynol trwy boeri gwenwyn atyn nhw a'u parlysu,' ychwanegodd Rhitw yn ddramatig. 'A'i hoff beth hi yn y byd i gyd ydi bwyta plant!'

'Plant?!' holodd Arddun mewn arswyd gan gerdded yn syth i mewn i garreg hir – un o sawl carreg hir a oedd yn ffurfio cylch perffaith yng nghanol y coed.

'Wel ia, mae arna i ofn,' ychwanegodd Wdull. 'Ond dim ond plant meidrolion mae'n ei fwyta . . . Does neb wedi ei gweld ers canrifoedd, byth ers iddi gilio i Ddinas y Gromlech – ogof danddaearol sy'n llawn esgyrn, yn ôl pob sôn.'

Eisteddodd Arddun i lawr i rwbio'i phen-glin boenus – roedd wedi ei tharo yn erbyn y garreg.

'Grêt!' hyffiodd yn ddiamynedd. 'Mae'r Hudfyd 'ma'n llawn syrpreisys. Mynyddoedd sy'n siarad, pysgod anferth, eryrod enfawr, dall, a rŵan gwrachod sy'n bwyta plant. Ffantastig!'

Synhwyrodd Llwyd fod rhywbeth yn bod ar ei ffrind. Roedd hi'n anarferol o bigog, yn enwedig gydag Wdull annwyl, ac roedd hi wedi bod yn ymddwyn yn od iawn byth ers iddyn nhw adael Craig yr Eryr.

'Wyt ti'n ocê?' sibrydodd Llwyd yn ei chlust.

'Dydi 'ngolwg i ddim yn dda iawn,' cyffesodd Arddun yn dawel.

'Be ti'n feddwl?'

'Mi fues i'n gweld yr optegydd yn ddiweddar a dywedodd wrtha i fod angen sbectol arna i. Ond roedd yn well gen i wisgo lensys. Felly fe ddewisais i rai gwyrdd llachar oedd yn gwneud i mi edrych fel cath,' eglurodd.

Sylweddolodd Llwyd pam fod llygaid ei ffrind yn edrych mor anarferol o wyrdd yn ddiweddar.

'Ond mi rois i'r lensys yn llygaid Eryr Eryri neithiwr er mwyn iddo fo allu gweld.'

'O Arddun, dyna be oeddat ti'n ei wneud! Mi welais i chdi a'r Eryr. Roeddach chi'n edrych fel tasech chi'n ffrindiau da.'

'Ond rŵan fedra i ddim gweld fawr pellach na 'nhrwyn,' cwynodd Arddun gan rwbio'i phen-glin eto. 'Sut galla i gario mlaen ar y daith 'ma, a finna'n ddall bost, Llwyd?!'

Cahahahahaaaa . . ! Cahahahahaaaa . . !

Torrwyd ar draws eu sgwrs gan sŵn chwerthin. Hen chwerthiniad cras. Chwerthiniad oedd yn ddigon i sugno'r enaid o'r corff ac oeri'r gwaed.

'Be-be-be oedd hwnna?' Neidiodd Arddun ar ei thraed, wedi anghofio'n llwyr am y boen yn ei phen-glin.

'Dim syniad,' atebodd Llwyd gan daflu cipolwg nerfus o'i gwmpas.

Roedd Wdull bron wedi cilio i mewn i'w gragen, a Rhitw Bitw wedi rhedeg i guddio y tu ôl i gragen y pryfddyn, ei wyneb yn llawn arswyd.

'Mae'n amhosib!' sibrydodd Wdull.

'Hi ydi hi. Mae O'n siŵr o hynny. Dim ond unwaith o'r blaen mae O wedi clywed y chwerthiniad yna, a dydi'i glustiau O byth wedi bod 'run fath wedyn,' gwichiodd Rhitw.

'PWY sy'n chwerthin?' holodd Arddun a Llwyd efo'i gilydd.

'Ganthrig Bwt, pwy arall?' atebodd Rhitw.

'Wel, diolch byth am hynny. Mae hynna'n golygu na fydd raid i ni wastraffu rhagor o amser yn crwydro'r lle 'ma'n chwilio amdani,' meddai Arddun.

Dechreuodd gerdded tuag at y cylch o feini hirion o'i blaen. 'Rŵan, lle wyt ti'n cuddio, yr hen wrach hyll, i ni gael dwyn un o dy ddannedd di? Ty'd, dangos dy hun! Does gynnon ni ddim drwy'r dydd, sti!'

Yn sydyn, diflannodd y tir oddi tani fel na allai deimlo unrhyw beth o dan ei thraed. Cafodd ei sugno i lawr i dwll o dan y ddaear. Roedd y tir i gyd yn crebachu, a thynnwyd pawb yn ddwfn i berfedd y ddaear.

21

Ganthrig Bwt

Llanwyd eu ffroenau gan arogl pydredd. Yn ara bach dechreuodd eu llygaid arfer â golau gwan y canhwyllau. Roedd rheiny wedi eu gosod mewn penglogau oedd wedi'u hongian fel lanternau o gwmpas y lle.

'Waaaa!' sgrechiodd Llwyd wrth deimlo rhywbeth caled yn ei daro ym môn ei gefn. Cododd asgwrn coes o dan ei ben-ôl cyn iddo sylwi bod y llawr yn garped o esgyrn o bob maint a siâp. Yna cipiodd rhywbeth yr asgwrn o'i law gyda chwa nerthol o wynt.

'Cahahahaa! Croeso'r hen goes! Cahahahaa!' caclodd y llais cras. 'Dyna braf eich bod chi i gyd wedi galw i mewn i ngweld i. Cahahaha!'

Wafftiodd arogl wyau drwg heibio'i drwyn gan godi cyfog ar Llwyd. Teimlodd law yn gafael ynddo. Llaw gynnes, ddynol, oedd hi y tro hwn.

'Ble yn y byd ydan ni?' holodd Arddun mewn

llais crynedig gan gydio'n dynn yn llaw ei ffrind.

'Mae'n edrych fel rhyw fath o ogof . . .' atebodd Llwyd gan graffu'n nerfus o'i gwmpas.

'Ia, ogof sy'n llawn o esgyrn!' ebychodd Arddun.

'Dyma Ddinas y Gromlech, fy nghartref i,' taranodd y llais. Yna dangosodd ei berchennog ei hun mewn pelen o fflamau yng nghanol yr ogof. 'Y fi, Ganthrig Bwt!'

Yno, yn hofran uwchben carreg enfawr a edrychai fel allor aberthu, roedd hen wrach yn gwisgo carpiau du. Roedd ei hwyneb llwyd a main wedi suddo yn ei phenglog, o dan ei gwallt gwyn tenau. Roedd ei dannedd fel rhai llif, yn finiog, yn felyn ac yn llawn crawn. Ac roedd y ffaith ei bod wedi bwyta cymaint o gnawd dynol yn peri i'w hanadl ddrewi'n ofnadwy.

Chhhhhhssssssssttt . . .

Heb unrhyw rybudd, poerodd ei gwenwyn tuag atyn nhw. Hwn oedd y gwenwyn yr oedd yn ei ddefnyddio i barlysu ei phrae fel na allen nhw symud gewyn. Ond roedd Wdull yn rhy sionc iddi. Gan ragweld yr hyn oedd ar fin digwydd, neidiodd ar ei draed a defnyddio'i gragen fel sgrin amddiffynnol i atal y criw rhag cael eu trochi gan y gwenwyn.

'Cahahahaa! Da iawn, bryfddyn. Cahahahaa! Ond am ba hyd wyt ti'n mynd i allu eu hamddiffyn nhw? Mae gen i flys teimlo blas cnawd meidrol yn toddi ar fy nhafod, a dwyt ti na neb arall yn mynd i fy atal i! Chhhhhhsssssssssttt!' poerodd eto.

'Ro'n i ar fin bwyta'r feidrol-ferch acw cyn i chi lanio mor ddiseremoni,' meddai gan bwyntio at gornel yr ogof. 'A rŵan, mae hi wedi troi'n wledd go iawn. Cahahahaa!'

Craffodd Llwyd ac Arddun i'r tywyllwch. Yn y gornel, roedd Anaconda wedi'i chlymu yn y gornel gan yr hyn a edrychai fel gwe pry cop anferth. Er bod ei llygaid yn agored led y pen, doedden nhw ddim yn symud. Roedd hi'n amlwg wedi'i pharlysu.

Sgubodd Ganthrig Bwt ar draws yr ogof heb i'w thraed gyffwrdd y llawr. Dechreuodd hofran uwchben Anaconda cyn ei chodi i fyny i'r awyr fel rholyn o garped a'i chario at yr allor aberthu.

'Gadewch i'r gwledda ddechrau! Cahahahaa!' gwaeddodd dros y lle. Roedd golwg wyllt yn ei llygaid.

'Wdull! Gwna rywbeth, da ti,' sgrechiodd Llwyd ar y pryfddyn. 'Fedrwn ni ddim gadael i'r wrach fwyta Anaconda!'

'Anghofiwch Anaconda! Mae'n rhy hwyr i'w hachub hi. Mae'n rhaid iddyn NHW feddwl am ffordd i ddianc, neu y NHW fydd nesa!' gwichiodd Rhitw gan edrych yn wyllt o'i gwmpas.

'Draw fan'cw,' meddai Wdull gan bwyntio at agoriad bychan tebyg i geg twnnel. 'Rhitw, mae'n rhaid i chdi dynnu sylw Ganthrig Bwt tra byddwn ni'n trio cyrraedd y twnnel –'

'Be?'

'Hyd yn oed os gei di dy drochi gan ei gwenwyn, wnaiff yr effaith ddim para'n hir gan nad wyt ti'n feidrol. Dim ond plant mae Ganthrig yn eu bwyta, nid corachod! Ac mi ddown ni'n ôl i dy achub di,' sibrydodd Wdull.

'Wwww . . . dydi O ddim yn siŵr o gwbl am hyn,' petrusodd y corrach.

'Dyma dy gyfle di i helpu Llwyd ac Arddun i ddianc,' mynnodd Wdull.

'Ow olreit, olreit! Fe wnaiff O yr hyn rwyt ti'n ei ofyn,' meddai Rhitw, gan lyncu'i boer mewn ofn.

Pan oedd Ganthrig Bwt ar fin suddo'i dannedd i gnawd Anaconda, saethodd Rhitw Bitw i ganol yr ogof a sefyll o flaen yr allor aberthu. Trodd ei gefn tuag ati a dechrau wiglo'i ben-ôl bach crwn yn ei hwyneb.

'Ganthrig Bwt, sigl-di-gwt!' llafarganodd i'w gwylltio.

Gweithiodd y cynllun, ac roedd Ganthrig yn gynddeiriog.

'Y fath sarhad!' taranodd yr hen wrach cyn tynnu anadl ddofn a phoeri'i gwenwyn tuag ato. Trochwyd Rhitw â'r llysnafedd gludiog, a chafodd ei barlysu yn y fan a'r lle gyda'i ben-ôl yn yr awyr.

'Rhitw!' ebychodd Arddun.

'Rhedwch am eich bywydau!' gwaeddodd Wdull gan eu gwthio tuag at geg y twnnel. Rhedodd y tu ôl iddyn nhw i'w hamddiffyn â'i gragen.

Ond roedd Ganthrig Bwt wedi rhagweld eu cam nesaf, ac wedi cyrraedd ceg y twnnel o'u blaenau. Crynai'n wyllt. Roedd ei llygaid yn lloerig. Neidiodd am Wdull gan afael yn ei deimlyddion a'i daflu ar draws yr ogof.

Doedd dim byd yn sefyll rhwng y wrach a'i phrae bellach.

Caeodd Llwyd ei lygaid ac aros am ei dynged. Clywodd yr hen wrach yn tynnu anadl yn barod i anelu ei gwenwyn tuag ato. Tynhaodd ei gyhyrau. Teimlai fel petai rhaff yn gwlwm am ei wddf, ac yntau'n sefyll ar y grocbren. Doedd o

ddim yn gallu anadlu, a chododd ei law at ei
wddf. Teimlodd y ledr du a ddaliai'r garreg las yn
brathu i mewn i'w gnawd. Ai dyma effaith
gwenwyn Ganthrig Bwt? Ai dyma'r diwedd . . ?

'Caaaaaaaa-AA-AAAAAAAAAAAAAAAAA-
AAAAAAAAAAAA!

Rhwygwyd y tlws o'i wddf a chwyrlïodd
Llwyd fel top i'r llawr. Daeth fflachiadau glas
i oleuo'r ogof fel petaen nhw'n dod o gamera
anferth. Llanwyd y lle â sŵn sgrech iasol
Ganthrig Bwt.

Yna . . .

. . . dim byd ond

. . . tawelwch.

'Mae 'na sbel o amser ers i ni gwrdd
ddiwethaf, Ganthrig Bwt,' meddai llais
cyfarwydd.

Teimlodd Llwyd ei gorff yn ymlacio. Roedd yn
adnabod y llais yna – yn ei adnabod yn dda!
Mentrodd agor ei lygaid. Safai Cai o'i flaen.

Yn ei law daliai Cai gleddyf cain a gemau
amryliw yn addurno'r carn. Roedd Llwyd hefyd
wedi gweld y cleddyf yna yn rhywle o'r blaen.
Wrth gwrs, meddyliodd, Caledfwlch, cleddyf y
Brenin Arthur!

22

Aberth

Hyrddiodd Ganthrig Bwt ei chorff tuag at Cai â sgrech iasoer. Ond roedd o'n llawer rhy chwim iddi. Chwipiodd ei hun o'i llwybr cyn chwyrlïo fel corwynt o amgylch yr ogof gan chwifio Caledfwlch yn fygythiol yn wyneb yr hen wrach.

Chhhhhhssssssssttt! Poerodd hithau ei gwenwyn gydag anel perffaith.

'Ewch i'r cysgodion!' gwaeddodd Cai ar Llwyd ac Arddun gan ddawnsio'n bryfoclyd i osgoi chwistrelliad Ganthrig. Roedd yr hen wrach yn wyllt gacwn erbyn hyn. Neidiodd Cai yn sionc ar ben yr allor aberthu.

'Gad i mi dy weld di, Ganthrig Bwt-y-Bwli,' heriodd Cai hi a'i lygaid yn fflachio. 'Pigo ar bobl ifanc, pryfddyn a chorrach bach, wir!'

Waaaaaaaaaaaaaaaaaaaa! Roedd Ganthrig wedi sleifio i fyny at yr allor y tu ôl i Cai. Â chlewtan nerthol, roedd wedi ei lorio ar yr allor aberthu fel ei fod yn gorwedd wrth ochr corff llonydd Anaconda. Safodd yr hen wrach yn fygythiol uwch ei ben, ei llygaid yn chwyrlïo yn ei phen. Daliodd Llwyd ei anadl. Gallai weld bod Cai mewn sefyllfa amhosib. Doedd dim modd iddo ddianc.

Cahahahahaaaa! Rhewodd ei waed wrth iddo wylio Ganthrig yn suddo'i dannedd pydredig i mewn i foch Cai. Gwingodd corff Cai fel petai wedi cael ei drydanu, yna ymhen ychydig eiliadau gorweddodd yno'n ddiymadferth gyda Caledfwlch yn llipa ar y llawr wrth ei ochr.

'Cahahaha! Dyna ddysgu gwers i chdi am ddangos dy hun, yr hen geiliog. Does neb yn cael gwneud ffŵl o Ganthrig Bwt. NEB!'

Cododd yr hen wrach ei breichiau'n orfoleddus i'r awyr. 'Rŵan, yn ôl at y gwledda. Mae chwant bwyd arna i.'

Prin y clywodd Llwyd ei geiriau. Roedd cymaint o gwestiynau'n rhuthro trwy ei feddwl. Llanwyd ei ffroenau ag arogl wyau drwg. Teimlodd gyhyrau Arddun Gwen yn tynhau wrth ei ochr. Roedd Ganthrig Bwt yn agosáu, a doedd neb ar ôl bellach i'w hachub. Roedd Cai wedi marw. Roedd Anaconda'n anymwybodol. Ac roedd Wdull a Rhitw wedi'u parlysu . . .

Yna, o gornel ei lygad, gwelodd Llwyd y symudiad lleiaf ar lechen yr allor aberthu. Roedd llaw Cai wedi dechrau crynu ac yn araf gau am garn Caledfwlch. Bron fel golygfa mewn ffilm, cododd Cai ar ei eistedd. Gwnaeth arwydd ar Llwyd i fod yn dawel a pheidio â datgelu dim. Cripiodd ar flaenau'i draed tuag atyn nhw a sefyll y tu ôl i'r hen wrach wrth i honno dynnu anadl ddofn.

Gafaelodd Cai yn Caledfwlch a chodi'r cleddyf yn uchel i'r awyr. Trywanodd Ganthrig gan ei lladd yn y fan a'r lle. Syrthiodd yr hen wrach yn swp drewllyd wrth draed Llwyd ac Arddun. Bron ar unwaith, diflannodd effaith ei gwenwyn. Un ar ôl y llall dechreuodd Anaconda, Rhitw Bitw ac Wdull ddod atyn eu hunain. Cododd Llwyd ar ei draed a rhedeg at Cai. Gallai weld bod Cai'n dal i anadlu, ond roedd yn amlwg yn wan iawn ar ôl defnyddio'i holl egni i ladd Ganthrig Bwt. Roedd dant pydredig yr hen wrach yn dal yn ei foch fel atgof o'r frwydr waedlyd a fu.

✦ ✦ ✦

'Cai! Cai! Wyt ti'n fy nghlywed i?' gwaeddodd Llwyd. Edrychodd ar Arddun Gwen. Roedd hi wrthi'n helpu Wdull i godi ar ei draed a thwtio'i gragen. 'Be wnawn ni?' holodd.

Trodd Cai ei ben yn wan i'w wynebu.

'Y dant, Llwyd,' sibrydodd gan bwyntio at ei foch. 'Mae'n rhaid i chdi drio tynnu'r dant. Mae o'n un o gynhwysion y swyn.'

'Paid â phoeni am y swyn,' atebodd Llwyd. 'Dy wella di sy bwysicaf.'

'Na, dwyt ti ddim yn deall, Llwyd. Mi wnes i hyn yn fwriadol . . . er dy fwyn di!'

'Be?'

'Mae holl gynhwysion y swyn bron iawn gyda chi erbyn hyn – paill y Lili, pluen Eryr Eryri, dant Ganthrig Bwt sy yn fy moch i . . . ac mae'r aberth bron â chael ei gwireddu.'

'Pa aberth?'

'Fy aberth i, Llwyd.'

Trodd Llwyd at Arddun, Wdull a Rhitw. Gallai weld o'r olwg syn ar wynebau eu ffrindiau eu bod hwythau hefyd yn meddwl bod Cai mewn cyflwr difrifol a'r gwenwyn yn dechrau gwneud iddo golli'i bwyll.

'Hisht rŵan, Cai, tria gadw dy nerth,' meddai Arddun wrtho.

Ond cydiodd Cai ym mraich Llwyd. Er ei fod yn wan synhwyrai Llwyd ei fod am iddo wrando a chymryd yr hyn oedd ganddo i'w ddweud o ddifri.

'Weli di'r gwaed sy'n diferu o 'moch i? Rho ddiferyn ar hances a'i rhoi'n ôl i Myrddin Ddewin. Dyma yw cynhwysyn olaf y swyn. Gwaed o aberth perthynas i ti, un o gig a gwaed,' sibrydodd Cai gan frwydro am ei anadl.

'Perthynas?'

'Ia, dwi'n frawd mawr i ti, Llwyd!'

'B-b-b-rawd! Ond . . .'

'Gwranda'n ofalus. Mae gen i lawer i'w ddweud wrthot ti cyn i mi farw, ond mae'n rhaid i ti wybod y gwir.'

Llithrodd deigryn i lawr boch Llwyd. Prin y gallai gredu'i glustiau, ac roedd yn amau ei fod mewn breuddwyd – neu yn hytrach hunllef! Esboniodd Cai eu bod nhw wedi'u magu yn llys y Brenin Arthur, a hynny mewn oes arall. Ond lladdwyd eu rhieni gan elynion Arthur pan oedden nhw allan yn hela un diwrnod.

'Roedd y Brenin Arthur am i mi edrych ar dy ôl di a dy fagu di. Dim ond babi bach ychydig fisoedd oed oeddet ti pan ddigwyddodd hyn i gyd,' meddai Cai gan frwydro am ei anadl.

'Ond do'n i ddim yn fodlon. Ro'n i'n ddeunaw oed ar y pryd, a'r unig beth oedd yn bwysig i mi oedd cael bod yn un o Farchogion Arthur. Do'n i ddim am i fabi bach chwalu fy mreuddwyd,' ochneidiodd.

Felly eglurodd Cai sut y gadawodd Llwyd yn fabi bach amddifad yn eglwys y plwyf. Yn ffodus iawn daeth Bedwyr, un o farchogion eraill Arthur, o hyd i'r babi, a phenderfynu ei fagu a rhoi cartref iddo. A dyna sut y daeth Llwyd i fyw gydag Ewythr Bedwyr ym Mhorth Afallon.

'Ro'n i'n ifanc ac yn ffôl, Llwyd. Ac mae gen i gywilydd mawr o'r hyn wnes i, yn dy adael di fel yna.'

Tynnodd Cai anadl ddofn ac edrych i fyw llygaid Llwyd. Roedd y dagrau'n llifo i lawr ei ruddiau yntau erbyn hyn.

'Dyna pam dwi am gyflwyno fy hun yn aberth. Dyna pam dwi am i ti adael i mi dy achub di,' meddai Cai yn daer.

'Ond . . .'

'Ro'n i'n gwybod dy fod yn un o'r dewisedig rai ac roedd yr arwyddion i'w gweld yn y planedau i gyd bod Gedon Ddu a'i ddrygioni wedi dod yn ôl. Ro'n i'n gwybod dy fod ti mewn perygl mawr ac yn sylweddoli mai dyma fy nghyfle i edrych ar d'ôl di a gwneud yn siŵr dy fod yn cyrraedd yn ôl yn saff gyda'r holl gynhwysion.'

'Sut gwyddet ti ein bod ni yma . . . yn yr ogof . . . efo Ganthrig Bwt?' holodd Llwyd.

Agorodd Cai ei law yn grynedig a dangos y tlws. Anwesodd y garreg las.

'Y lloerfaen las yma sydd wedi fy arwain i atat ti. Fe drochais y garreg yn nŵr Ffynnon Cegin Arthur er mwyn i'w phwerau dy gadw di'n saff,' meddai dan wenu.

'Chdi roddodd hon wrth fy ngwely,' atebodd Llwyd yn syn, gan gymryd y tlws a'i chlymu'n ôl am ei wddf.

Ond ni chafodd ateb. Roedd pob diferyn o egni wedi cael ei sugno o gorff Cai erbyn hyn, ac roedd ei lygaid wedi dechrau rholio'n wyn yn ei ben. Edrychai fel fflam cannwyll ar fin diffodd.

Cerddodd Wdull atyn nhw ac yn dyner tynnodd ddant yr hen wrach allan o foch Cai. Tynnodd Arddun hances o'i bag a'i wasgu yn y gwaed a bistylliai o'r briw. Cymerodd y dant gan Wdull a'i lapio yn yr hances waedlyd. Yna, wrth roi cynhwysion gwerthfawr y swyn yn ôl yn ei bag, sylwodd ar y botel blastig.

'Wrth gwrs!' gwaeddodd yn llawen.

Edrychodd Llwyd yn hurt arni am fod mor ddideimlad. Roedd ei frawd mawr ar fin marw!

'Dŵr iachusol Ffynnon Cegin Arthur! Ro'n i wedi anghofio'r cwbl amdano. Brysia, rho ddiferion o'r dŵr ar friw Cai i weld a wnaiff o weithio,' meddai gan gynnig y botel i Llwyd.

Tywalltodd Llwyd ychydig o'r dŵr hud ar foch Cai. Yna rhwbiodd rai diferion ar ei wefusau sych.

23

DYCHWELYD

Roedd y munudau nesaf yn dyngedfennol. Syllai Llwyd ar wyneb gwelw ei frawd mawr a phob math o emosiynau'n rhuthro drwy'i feddwl. A ddylai deimlo'n flin tuag at Cai am yr hyn a wnaeth iddo pan oedd yn fabi? Oedd o'n teimlo'n falch bod ei frawd yn un o Farchogion y Brenin Arthur gyda'i Ewythr Bedwyr? A ddylai fod yn ddiolchgar i Cai am eu hachub o grafangau gwenwynig Ganthrig Bwt? Wedi'r cyfan, roedd o wedi cynnig ei hun yn aberth er mwyn sicrhau bod holl gynhwysion y swyn i drechu Gedon Ddu gyda nhw . . .

Ond doedd dim rhaid i Llwyd bendroni'n hir. Daeth i'r casgliad yn go sydyn fod ei frawd mawr yn arwr. Caeodd ei lygaid a gweddïo y byddai'r dŵr o Ffynnon Cegin Arthur yn ei wella.

'Llwyd,' sibrydodd Cai yn dawel. 'Nei di faddau i mi?'

Roedd Llwyd yn methu credu ei lygaid.

'Diolch byth! Mae'r dŵr wedi gweithio!' meddai gan edrych ar Cai. Curodd Arddun ei dwylo'n llawen.

'Gwyrthiol!' ychwanegodd Wdull.

'Mae O mor hapus,' gwichiodd Rhitw Bitw gan neidio yn ei unfan.

Cofleidiodd Llwyd ei frawd mawr. Doedd dim angen ateb ei gwestiwn. Roedd eisoes wedi maddau popeth iddo.

Ymhen dim o dro roedd Cai yn ôl ar ei draed, yn edrych mor dal a nerthol ag erioed. Cerddodd y criw at geg y twnnel gan obeithio y byddai'n eu harwain o'r ogof afiach ac allan i'r awyr agored.

Ar ôl cropian ar eu pedwar drwy'r twnnel cul, teimlai pawb ryddhad mawr wrth weld llygedyn o olau dydd yn eu gwahodd yn y pellter.

'Ffiw!' ebychodd Arddun gan ymestyn ei chyhyrau a sgwintio'i llygaid wrth gynefino â'r golau dydd ar ôl bod yn y tywyllwch mor hir. 'Rŵan, be nesa?' holodd, gan edrych yn benodol ar Cai.

'Rhowch gynhwysion y swyn yn ôl i Myrddin Ddewin,' atebodd hwnnw'n ddiflewyn-ar-dafod.

'Ond sut?' holodd Llwyd. 'Mae'n rhaid i ni fynd yn ôl i'n byd ni, y Meidrolfyd, cyn gallu gwneud hynny. Sut ydan ni'n mynd i allu ffeindio'n ffordd yn ôl o'r Hudfyd?'

SGREEEEEEEEEEEEEEEEEEEEEEEEEEECH!

'O na, Eryr Eryri!' gwaeddodd Rhitw Bitw wrth edrych i'r awyr. 'Dydi O ddim eisiau cael ei fwyta'n fyw. Help!'

Cylchai'r eryr anferth yn urddasol uwch eu pennau. Daliodd pelydrau'r haul y lliw aur yn ei blu, a disgleiriai ei lygaid gwyrdd fel dwy farblen.

'Dwi'n credu ei fod o'n awyddus i'ch helpu chi,' awgrymodd Wdull wrth i'r creadur lanio yn eu hymyl a gwyro'i ben yn wylaidd.

'Wyt ti'n meddwl ei fod o wedi dod yn ôl i ddiolch i ti am roi ei olwg yn ôl iddo?' sibrydodd Llwyd yng nghlust ei ffrind.

'Does dim ond un ffordd o ffeindio allan,' atebodd Arddun gan gamu'n ddewr tuag at yr eryr. Er mawr syndod i bawb, gadawodd yr eryr iddi fwytho'r blu ar dop ei ben.

'Dowch,' amneidiodd ar y gweddill, 'mae o am ein cario ni'n ôl i'r Meidrolfyd.'

Dringodd Llwyd y tu ôl i Arddun ar gefn yr eryr a swatiodd Cai wrth fôn un o'i adenydd anferth.

'Wdull, Rhitw, dowch yn eich blaenau,' gwaeddodd Llwyd ar y pryfddyn a'r corrach.

'Na, gyfeillion, dyma ddiwedd y daith i mi. Mae'r dyfodol yn eich dwylo chi rŵan,' atebodd Wdull.

'Ac mae O am ddweud ta-ta hefyd, ffrindiau annwyl . . . gan obeithio'n fawr eu bod NHW yn ffrindiau rŵan,' ychwanegodd Rhitw'n obeithiol.

'Ydan siŵr, AM BYTH BYTHOEDD! Diolch, Rhitw Bitw ac Wdull, am bopeth,' bloeddiodd Arddun wrth i Eryr Eryri ddechrau ysgwyd ei adenydd yn barod i esgyn i'r awyr.

'Hei! Peidiwch â ngadael i ar ôl!' gwaeddodd llais o geg y twnnel. Llithrodd Anaconda fel llysywen fawr allan o'r twnnel a golwg ddryslyd iawn ar ei hwyneb.

'Rargol! Jest iawn i ni adael Anaconda ar ôl!' ebychodd Llwyd. Yng nghanol yr holl gyffro roedd pawb wedi anghofio amdani. Edrychai Anaconda'n fwy dryslyd fyth pan sylweddolodd fod yn rhaid iddi ddringo ar gefn eryr anferth, ond eisteddodd yn ufudd y tu ôl i Cai a chau ei cheg. Agorodd Eryr Eryri ei adenydd led y pen a dechrau codi i'r awyr.

'Hwyl fawr, Wdull!'

'Hwyl fawr, Rhitw Bitw!'

Ac er na ddywedodd y naill yr un gair wrth y llall, roedd yr un cwestiwn yn gwibio drwy feddyliau Llwyd ac Arddun Gwen. Tybed a fydden nhw'n cael cyfle arall i fynd yn ôl i'r Hudfyd i gwrdd â'u ffrindiau?

✦ ✦ ✦

Glaniodd Eryr Eryri yng nghanol gardd Porth Afallon. Roedd hi'n ganol nos yn y Meidrolfyd, felly ni fyddai neb wedi sylwi ar yr olygfa od wrth i'r eryr anferth gario'i gargo gwerthfawr drwy'r awyr. Unwaith roedd eu traed yn saff ar y ddaear, esgynnodd yr eryr i'r awyr unwaith eto, a diflannu i'r nos. Cyn i neb gael cyfle i'w rhwystro, roedd Anaconda hefyd wedi'i heglu hi fel gafr ar daranau.

'Rydych chi'n ôl yn saff, felly,' torrodd llais drwy'r tywyllwch. Camodd Ewythr Bedwyr o'r cysgodion, ei lygaid wedi'u hoelio ar Cai. 'Cefais air o'r Hudfyd i ddweud mai chdi oedd yn gyfrifol am eu hachub nhw o grafangau Ganthrig Bwt, Cai. Mae fy nyled yn fawr i ti am hynny.'

Estynnodd Ewythr Bedwyr ei law i Cai ac ysgydwodd yr hen ŵr hi'n gadarn.

'Dwi wedi dweud y cyfan wrth Llwyd,' eglurodd Cai.

'A finnau wedi maddau iddo fo,' ychwanegodd Llwyd gan gamu at ochr ei frawd mawr.

'Mae'n dda gen i glywed hynny,' meddai Ewythr Bedwyr gan wenu'n falch. 'Ond does dim eiliad i'w gwastraffu. Ers i chi adael am yr Hudfyd, mae cynlluniau Gedon Ddu ar gyfer Parc Antur Gedonia ar fin mynd y tu hwnt i bob rheolaeth. Lwyddoch chi i gasglu holl gynhwysion y swyn?'

'Do, maen nhw i gyd yn saff yn fy mag i,' atebodd Arddun. 'Paill Lili'r Wyddfa, pluen Eryr Eryri, dant Ganthrig Bwt, a diferyn o waed fel arwydd o aberth,' ychwanegodd gan wenu ar Cai.

'Gwych!' meddai Bedwyr. 'Fe awn ni'n ôl i'r tŷ. Mae Myrddin Ddewin yn aros amdanon ni yno.'

24

Gedon-na!

– Cerddoriaeth agoriadol Newyddion TGD –

AR LEOLIAD O FLAEN PRIF FYNEDFA PARC ANTUR GEDONIA

NIA HAF:

Prynhawn da i chi. Rydych yn gwylio Sianel TGD. Daw'r bwletin newyddion heddiw yn fyw o Barc Antur Gedonia, a hynny ar ddiwrnod pwysig iawn yn ei hanes. Mae perchennog y parc ar fin cyhoeddi cynlluniau cyffrous i ehangu'r parc – cynlluniau fydd yn sicrhau mai hwn fydd yr unig barc antur o'i fath yn yr holl fydysawd. Ac yma i ddweud mwy wrthon ni mae'r perchennog ei hun, Mr Jeri Oswyn Cwellyn. Diolch am ymuno â ni, Mr Cwellyn.'

JERI OSWYN CWELLYN:

Croeso siŵr, siwgr, a galwch fi'n Jeri.

NIA HAF:

Ia, wel, Mr Cwellyn, dywedwch wrthon ni beth yn union yw'r cynlluniau cyffrous yma sydd ar y gweill?

JERI OSWYN CWELLYN:

O, mae'r holl beth yn anhygoel! Yn hollol anghredadwy! Bydd pobl yn tyrru yma o bedwar ban byd. Does unlle ar y blaned sy'n debyg i Gedonia!

NIA HAF:

Felly, beth yn union sy'n ei wneud mor wahanol – mor ecsgliwsif – Mr Cwellyn?

JERI OSWYN CWELLYN:

Wel, am y tro cyntaf mewn hanes rydyn ni wedi dod o hyd i fyd arall. Byd sy'n bodoli ochr yn ochr â'n byd ni. Byd hudol a rhyfeddol. A bydd yn bosib i ymwelwyr Parc Antur Gedonia gael mynediad i'r byd yma, a hynny ar reid newydd sbon sy'n eu harwain i lawr ffynnon danddaearol – reid o'r enw Ffynntastig.

– Dangosir lluniau o'r reid newydd, Ffynntastig, ar y sgrin –

NIA HAF:

Byd arall? Ond mae hynny'n gwbl anhygoel!

Pryd fydd modd i bobl fynd ar y reid i'r byd newydd yma?

Jeri Oswyn Cwellyn:
Mi fyddwn ni'n ailagor drysau Parc Antur Gedonia ben bore fory, ac yn agor y reid Ffynntastig yn swyddogol. Cynlluniwyd y reid gan Llwyd Cadwaladr, y bachgen ysgol aeth ar goll. Yn anffodus, does neb wedi dod o hyd iddo'n fyw. Ac felly bydd plac arian yn cael ei osod ar y reid er cof amdano.

Nia Haf:
Chwarae teg i chi, Mr Cwellyn.

Dechreuodd Nia Haf chwarae gyda'r teclyn yn ei chlust. Roedd y cyfarwyddwr yn gweiddi rhywbeth arni. Roedd rhyw broblem yng ngaleri Stiwdio Deledu TGD, a honno'n amharu ar y darllediad newyddion.

Yna, yn ddirybudd, rhannodd y sgrin yn ddwy ran. Yn un hanner gallai gwylwyr sianel TGD wylio'r cyfweliad rhwng Nia Haf a Jeri Oswyn Cwellyn o flaen giatiau Parc Antur Gedonia. Dangosai hanner arall y sgrin luniau camerâu diogelwch Sianel TGD. Ac roedd pethau diddorol iawn yn digwydd yn y galeri deledu.

Dangosai'r lluniau ddau berson ifanc, dau hen ŵr, un a chanddo wallt hir gwyn a'r llall yn foel, a hefyd gŵr ifanc arall. Roedden nhw i gyd yn torri i mewn i stiwdio TGD. Sleifiodd y criw tuag at y monitorau teledu. Cododd y dyn bach pen moel diwb gwydr gyda mwg glas yn llifo ohono i'r awyr cyn dechrau tywallt ei gynnwys dros y peiriannau.

Cccccchhhhhhhhhhhhhhhhhhhhhhhhhh . . .

Craclodd y sain ar donfeddi Sianel TGD.

JERI OSWYN CWELLYN:

(YN FYW AR YR AWYR)

Dyma Jeri Oswyn Cwellyn yn galw Stiwdio TGD. Be ddiawl sy'n digwydd draw yna? Stopiwch y bobl yma, pwy bynnag ydyn nhw!

Cerddodd Myrddin Ddewin at y pair o fflamau poeth a thywallt gweddill y swyn i mewn iddo. Ffrwydrodd y pair yn gwmwl o fflamau glas ac oren a melyn, cyn diffodd. Tynnodd Llwyd yr allwedd aur, oedd dal mewn cyflwr perffaith, o'r lludw a'i rhoi i'w Ewythr Bedwyr. Erbyn hyn roedd swyddogion diogelwch Sianel TGD wedi rhuthro i mewn i'r ystafell. Ond roedd hi'n rhy hwyr. Roedd peiriannau Sianel TGD wedi'u difrodi. Roedd pwerau Gedon Ddu wedi eu diffodd. Ac roedd yr allwedd aur yn ôl yn saff gan y dewisedig rai unwaith eto.

Doedd gwylwyr Sianel TGD ddim yn gallu credu'r peth. Roedd y golygfeydd hyn yn well nag unrhyw ffilm antur o Hollywood! Ac roedd mwy o ddrama i ddilyn . . .

NIA HAF:
(YN FYW AR YR AWYR)
Mr Cwellyn, beth yn y byd sy'n digwydd i chi . . ?

Roedd croen oren Jeri Oswyn Cwellyn fel petai'n pilio oddi ar ei wyneb. Newidiodd ymddangosiad y dyn busnes yn fyw ar y teledu o flaen miloedd o wylwyr.

NIA HAF:
(YN FYW AR YR AWYR)
O! Jac Offa, cyn-Brif Weinidog Prydain. Chi sy 'na!

Aeth y llun ar y sgrin deledu yn eira mân i gyd. Yna, tywyllwch.

✦ ✦ ✦

Bu'r digwyddiadau dramatig yn Sianel TGD yn llenwi penawdau'r papurau newydd am wythnosau ar ôl y darllediad byw. Dyma'r unig bwnc trafod gan bawb. Pwy fyddai wedi meddwl mai Jac Offa, a ddiflannodd mor ddisymwth flwyddyn yn ôl, oedd yn cuddio y tu ôl i fasg Jeri Oswyn Cwellyn? A phwy fyddai wedi meddwl mai'r cyn-Brif Weinidog fu'n gyfrifol am ddwyn yr allwedd aur o'i chuddfan dan y Senedd?

Erbyn hyn roedd Jac Offa'n saff yn nwylo'r heddlu ac yn debygol o wynebu carchar am amser hir. Gan mai pŵer tonfeddi Sianel TGD oedd wedi bod yn rhoi nerth i Gedon Ddu, roedd yntau wedi diflannu hefyd. Roedd yr allwedd yn ôl yn ei chuddfan o dan y Senedd a dyfodol Cymru a'r Meidrolfyd yn berffaith ddiogel. Roedd yr Hudfyd hefyd yn ddiogel oherwydd doedd neb yn credu gair roedd Jac Offa wedi'i ddweud ar y teledu ac yn credu mai twyll oedd yr holl sôn am fyd arall.

Roedd giatiau Parc Antur Gedonia ar glo ac roedd si ar led fod gan y cyngor gynlluniau i'w droi'n barc eco gwyrdd i bawb gael ei fwynhau.

Ond nid oedd yn ddiweddglo hapus i bawb. Doedd neb wedi gweld Anaconda yn yr ysgol ers wythnosau. Roedd ei rhieni'n poeni'n arw amdani. O fore gwyn hyd nos, y cyfan a wnâi oedd sôn am fynydd yn siarad, am greaduriaid od fel hanner pryfyn a hanner dyn, am gorrach pitw ac eryr anferth a hen wrach oedd yn bwyta plant. Roedd Mr Prydderch y prifathro wedi gofyn i seicolegydd yr ysgol gael sgwrs gyda'i ferch.

'Anaconda druan,' meddai Llwyd.

'O paid â phoeni amdani hi. Mi ddaw ati'i hun mewn dim o dro, ac mi fydd wedi anghofio'r cyfan,' atebodd Arddun yn ddigon pwt.

Safai'r ddau ffrind ar drothwy drws Porth Afallon.

'Wel, mae'n amser ffarwelio,' meddai Cai gan daflu'i fag dros ei ysgwyddau. 'Arddun Gwen, mae wedi bod yn bleser cwrdd â ti,' ychwanegodd, gan ei chusanu'n ysgafn ar ei boch. Cochodd Arddun at fôn ei chlustiau.

'A titha, frawd bach, cofia fy mod i wastad yno i chdi i dy gadw'n saff. Yr unig beth sy'n rhaid i chdi ei wneud ydi galw arna i,' meddai Cai gan afael yn y lloerfaen las o amgylch gwddf Llwyd. 'Cofia di rŵan.'

Cofleidiodd y ddau frawd.

'Yn y cyfamser, dwi'n dy adael di mewn dwylo diogel iawn,' meddai Cai gan wenu ar Bedwyr.

Cytunodd Llwyd gan edrych yn llawn edmygedd ar ei ewythr.

'Hei, ty'd Beds, gwena!' heriodd Cai yr hen ŵr am y tro olaf.

Lledodd gwên gynnes dros wyneb doeth Bedwyr. Winciodd Cai yn gellweirus ar Llwyd cyn diflannu fel corwynt.

Y diwedd